걸리버 여행기

이세방 시선집
걸리버 여행기

펴낸날/ 1999년 4월 21일

지은이/ 이세방
펴낸이/ 김병익
펴낸곳/ ㈜**문학과지성사**
등록번호/ 제10-918호(1993. 12. 16)

서울 마포구 서교동 363-12호 무원빌딩(121-210)
편집: 338)7224~5 · 7266~7 FAX 323)4180
영업: 338)7222~3 · 7245 FAX 338)7221

ⓒ 이세방, 1999
ISBN 89-320-1069-2

값 7,000원

* 잘못된 책은 바꾸어드립니다.
* 지은이와 협의에 의해 인지는 생략합니다.

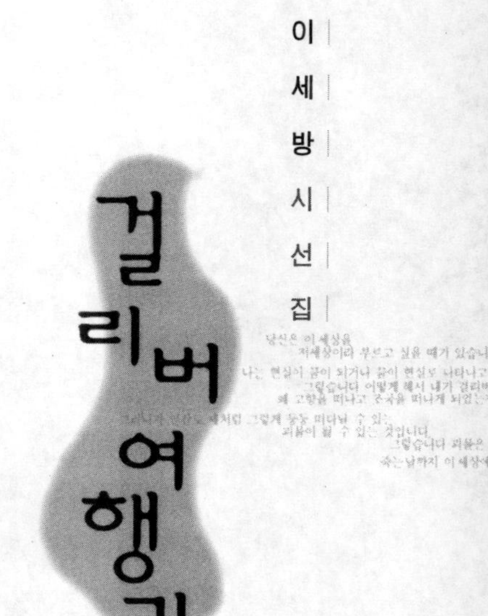

걸리버 여행기

문학과지성사
1999

책머리에

　꼭 삼십이 년 전 조국을 떠나 미국이라는 땅에서 나대로의
삶을 살아왔다. 남들은 외국에 가서 사는 일을 개척이니 뭐니
하지만 나는 그저 자연이 하라는 대로 살아왔을 뿐이다.

　아직 결혼을 하지 않고 영화 만들기에 전력하고 있는 서른
한 살의 아들을 둔 나 자신, 이제 육십을 바라보며 그 동안 써
온 시들을 정리해보는 것이다.

　나는 열일고여덟 살경부터 시쓰기를 해왔는데 그때의 꿈은
나의 시들이 어린 아기가 늘 품에 껴안고 싶어하는 보드랍고
편안한 베개 같은 영원한 시들을 남기는 것이었다. 그러나 세
상은 그렇게 쉽지 않았다. 가뜩이나 내가 지닌 세상은 소위
이중 문화권에 속했으며 나의 생각을 한국이나 미국 그 어느
쪽에도 명료하게 전달하기가 어려웠다. 그 어려움 때문이었
는지 나는 시와 사진을 같이했다. 시가 제대로 안 될 때엔 사
진을 찍었다. 사진을 찍다 보면 어느 때엔 시가 술술 나오기
도 했다. 또 몇 편의 시들은 놀랍게도 영어로 술술 써져서 나
중에 한글로 옮긴 때도 있었다. 이렇게 써놨던 시들을 정리해
보는 이 마당에 그래도 안도의 숨을 쉴 수 있는 것은 이제껏

시를 버리지 않았던 나 자신이 이만큼이나마 사람 구실을 했
다는 것이다. 요새 세상엔 무슨무슨 허구한 이름을 붙인 사랑
이 끝도 없이 많지만, 시야말로 나에겐 '사랑' 바로 그것이었
다.

어려서 읽은 『걸리버 여행기』의 걸리버가 나 자신일 수도
있다는 사실은 웃을 수 없는 현실이 되고 말았다. 하지만 나
자신이 희화적으로 투영되는 현실일지라도 인간 수련의 길은
계속해나아갈 뿐이다.

이 시집의 일부는 이미 발표됐거나 혹은 수정을 가한 것들
이지만 절반에 해당되는 것들은 미발표작들이다.

「영원으로 가는 길」은 미국 캘리포니아에 있는 '죽음의 계
곡'(데스밸리)이 주제가 된 것들임을 밝힌다.

이번 나 자신의 시선집은 책방에서 좀 팔아보겠다는 입장
하고는 거리가 먼 다른 입장이라는 걸 밝힌다. 그래서 다른
시인의 발문이나 평론가의 해설을 곁들이지 않았다.

끝으로 나의 시선집이 특별히 다음에 열거하는 여러분들을
잠시라도 흡족시켜드릴 수 있다면 그 이상 더한 보람이 없겠
다. 잊을 수 없는 문단의 친구들, 참으로 시에 미쳐 있는 미지
의 젊은이들, 그리고 마지막으로 나를 여기까지 오게 한 사랑
하는 아내 경자를 위하여.

1999년 4월

이 세 방

차례

제3부   영원으로 가는 길

제5부   걸리버 여행기

제1부
개들에게

붕어 한 마리

우리집 붕어가 죽었다
까짓 붕어 한 마리가 무슨 문제인가
어제도 신문에는 어느 동포의 귀한 자식이
참사를 당한 기사가 있었는데……
하여간 우리집 붕어의 주검을
직접 목격하지는 못했지만
빈 어항을 발견한 내게 아내가 말했다.

꼭 4년 전 서너 마리의 새끼 붕어들을 샀는데
그 중 한 마리가 유난히 오래오래
우리와 함께 살았다
우리가 그를 붙잡아놨던 집으로 치자면
사발 같은 볼품없는 집이었다
다만 그것은 투명한 유리의 집이었다는 것
그 유리를 통하여
그의 세계와 우리의 세계가
서로 만나고 있었다는 것.

특별히 그 붕어는 아내를 보면 좋아했다
개나 고양이를 싫어하는 아내도

붕어만은 좋아했다
그는 빨갰다
기억을 더 확연히 하자면
그는 늦가을 연시 같은
진한 분홍색의 몸뚱어리였다.

나는 그 붕어를 대수롭지 않게 보아왔다
일주일을 살다 죽든 일 년을 살다 죽든
나로서는 상관이 없었다
그저 진분홍색의 붕어 한 마리
그 이상으로는 그를 대한 적이 없었다.

잡초가 내다뵈는 뒤뜰의 바깥 세상을
이번에는 인간이라고 하는 내 자신이
유리를 통해 내다보면서
과연 붕어의 세계와
우리의 세계가 다를 것이 무엇인가 하는
생각을 가져본다.

과연 내가 사는 이 땅과

무작정 떠난 저 땅의 차이가
붕어와의 관계와 유사하지는 않을까 하는,
잘못하다가는 우리들이 하나하나의 붕어가 될 수도 있
다는
끔찍한 생각을 가져보면서
과연 죽을 때까지
사람이 사람답게 사는 길이 무엇인가를
다시 한번 생각해본다.

어느 수채화 앞에서

화려한 레스토랑에서 인디언들을 보았다
무명 화가가 그린 수채화였는데
어스름한 벽에서 움직이고 있었다
이미 이 세상에서는 사라진 그들 앞에 다가갔다
어머니와 아이들이 오순도순 모여앉았고
그 옆에는 아버지인 듯한 남자가 있었다
남자의 팔에는 굵은 근육이 보였지만
애수에 가득 찬 얼굴이었다
어머니는 질그릇에 먹을 것을 만드는 중이었고
아이들은 놀고 있었다
여기저기 쭈그려앉거나 엉거주춤한
인디언들의 수백 혹은 수천 년 전
한 순간을 보면 볼수록 가슴이 울렸다
공손한 마음으로 한참 동안 그들 앞에 서 있었다
그 속에서 나의 아버지와 어머니 목소리가 들렸다
지평선까지 이어져나간 붉은 평원에도
우리네 시골 마을이 아지랑이 속에서 움직이고 있었다
유럽에서 탐험선을 타고 온
백인들의 살갗과는 달리
아메리칸 인디언들의 살갗은

나의 살갗과 너무 같았다
그들의 한 순간이 현재에까지 와 닿아
나의 아버지를 만나게 하고
나의 어머니를 만나게 해주는 까닭은
그들이 오직 나와 비슷해서만은 아닐 것이다
그들의 모습 속에는
인간으로서의 절실한 숨결이 살아 있기 때문이리라.

시 1

인간의 궁극적 언어.

너와 내가
들판의 꽃이 될 수 있는
인간의 궁극적 언어.

너와 내가
하늘을 나는 새로 변할 수 있는
이 세상에서
가장 훌륭한 언어.

인간의 비극적 체험이
보석보다 더 아름답게
빛날 수 있는
이 세상에서
가장 훌륭한 언어.

시 2

나의 명칭은 시인입니다
배우가 얼굴에 분을 바르듯
나는 언어에 아름다움을 바르고
간교한 율동의 옷을 입혀왔습니다
이십여 년을 두고 나의 시는
더러는 살아 있는 듯한 인형이 되기도 하고
그럴듯한 꽃나무가 되기도 하고
어느 때는 밤하늘의 은박 무늬가 되는 듯도 싶었습니다.

돌이켜보니 나의 명칭은 잘못이었습니다
참다운 시인이 되기 위하여
이제 나는 시에서 떠나야 하는 것입니다
내가 나를 이별한다 함은
미래를 보고 깨닫는 일입니다
시인의 깨닫는 행위는 바로 우주입니다
아무도 우주를 다 볼 수는 없습니다
그러니까 훌륭한 시는 눈에 보이지 않습니다
나는 눈에 보이지 않는 시를 쓰고 싶습니다.

훌륭한 시를 무한히 갖기 위하여

나는 깊은 자정에 일어나 앉아 무릎 꿇었습니다
촛불을 켜고 불나비가 되어 몸을 지지기도 하고
거울 앞에서 귀신이 되기도 합니다
그러나 모든 행위는 여전히 내게 속해 있습니다.

나는 나를 이별하지 않으면 안 됩니다
그리하여 나는 그 비결에 가까이 갑니다.

나는 나의 귓속에서 비명을 듣습니다
이미 죽음이 끝난 뒤에 들리는
들을래야 잘 들리지 않는 교교한 비명입니다
나는 비명 저쪽에서 그분을 뵙니다
그분은 흰 도포를 입으시고
팔도강산을 두루 다니십니다
그분은 아직도 말씀하십니다
"이별은 사랑을 위하여 죽지 못하는
가장 큰 고통이요 보은이다."

이제 나는 시에서 떠나야 하는 것입니다
참다운 시인이 되기 위하여

내가 나를 이별한다 함은
미래를 보고 깨닫는 일입니다
나는 눈에 보이지 않는 시를 쓰고 싶습니다
훌륭한 사랑을 달 따내리듯 덩그러니 떠서
눈감은 나의 형제들 앞에 바치기 위하여
이제 나는 나를 이별하지 않으면 안 되는 것입니다.

당신에게

당신은
깊은 밤
산골짜기에서
흐르는 물소리를
아십니까.

잠 안 오는 깊은 밤
귀기울여보면
아리따운 선율이 그 속에 있습니다.

당신께서 얼마나 어둠 속에 정좌하고 계실지
모든 건 당신에게 달려 있습니다
그렇습니다 모든 건
당신에게 달려 있습니다
깊은 밤
당신은
애인의 아름다움을 또는
이미 세상을 떠난
머나먼 어머니의 품을
그리워할 것입니다.

그리고 취할 것입니다
당신은
어렴풋이나마
아주 깨끗한 알몸뚱이로
마치 시린 물 속의 자갈인 양
정결해질 것입니다.

그리고 들으실 것입니다
진리가 떠오르는 소리를
깊고 깊은 어둠의 골짜기에서
나무 찍는 소리를
당신은 또
확연히 볼 것입니다
우리나라 청년들이 입고 있는
새하얀 조선 옷을
거기 얼룩진 핏자국을
당신은 볼 것입니다.

당신은 또
깊은 밤

산골짜기에서
외마디 비명을 들으실 것입니다
아니 어둠의 저수지에서 터져나오는
수천의 비명을 들으실 것입니다
한 도시가
나라를 대신하여
살육당하는 참상을
당신은 보실 것입니다.

허나 모든 건 당신에게 달려 있습니다
어금니를 깨물고
울지 않는 모습으로
어둠 속에 고요히
정좌합시다.

잠 안 오는 깊은 밤
귀기울여보면
아, 비애의 절정을 달리는
아리따운 선율이
어둠 그 속에 있습니다.

산 1

산이 산속에서 자란다
인간이 인간 속에서 자라듯
산이 산속에서 자란다
봉우리마다엔 원한이라도 있는가
오직 하늘을 향해 날카롭다.

산에서 산이 자란다
자라지 못하고 무너져내리는 것들은 산이 아니다
오직 혼신을 다해 솟구치는 산
인간이 인간 속에서 자라듯
산이 산속에서 자란다.

산 2

이 산에서
저 산으로
사람이 산을 보면
미친 듯 오르고
또 오르지만
산은 사람의 마음을 모르는 척
아니 산은
그까짓 사람에게
어찌 함부로 정을 주겠느냐는 듯
산은 시치미를 떼고
그저 하늘로만 치솟는다

산이여
치솟을 대로 치솟아라
그렇게 솟아보았자
하늘은 여전히
너를 사람의 가슴속에서 자랄 수 있게
하늘은 너를 다스릴 것이다

지금까지 이루어진

이 세상의 모든 산들을 보면
그 천태만상이란
사람의 동경을 위하여
하늘이 창조하였으니
이 폐허에 우뚝 선
산들을 바라볼라치면
문득 조국의 백두산이 생각난다

백두는 과연 어떤 산일까
그 산의 천지는 신의 눈물일까
그 산의 천지엔 선녀들이 살고 있었을까

이 산에서
저 산으로
사람이 산을 보면
미친 듯 오르고
또 오르지만
산을 절실히 껴안아보면
산은 하늘이 남긴
그림자일 뿐.

춘 분

며칠을 두고 비는 처량맞게 내린다.

그 다정다감한 초가삼간이 아니라
이건 웬 스턱코라 부르던가
판잣집보단 조금 그럴싸한
내 집 스턱코의 처마 밑
그것도 이끼 낀 마당 아닌
얄팍한 시멘트 바닥 위에
빗줄기가 후드득 후드득 소리를 낸다.

때로는 미친년 머리채 후려치듯
몸부림치는 그 빗줄기 속에는
한국의 젊은이들 모습이
버려진 먼 들판에 피어나는 꽃처럼 애틋하다.

며칠을 두고 비는 처량맞게 내린다.

오늘은 천구백팔십삼년 삼월 이십일일
우리 네 식구가 밥상에 둘러앉았다.
아직도 나의 기억에는

안경 쓴 두 한국의 젊은이가
순간을 거듭나서
초연한 자태로 서 있는 모습 역력하다.

산다는 것은
지극히 자연스런 일이라고
아니 살아야 한다는 것은
필연의 일이라고
가장인 나도 그러하려니와
여섯 살짜리 끝엣놈도
말은 그렇게 안 해도
그런 숨은 말들을 밥을 먹으며
쉽게 주절댄다.

산다는 것은 무엇인가
살기 위하여는
순간이 썩는 것으로 되어서는 안 된다
살기 위하여는
순간이 순간으로부터 거듭나는 것이어야 하리라
그런데 밥상에 둘러앉은

우리 네 식구만 하더라도
가만 생각해보면
지극히 야수적이라는 사실을 발견한다.

처량맞은 비와는 상관도 없이
셀 수도 없는 이빨과
마흔 개나 되는 손가락들이
수시로 밥을 떠올리고
이미 잘려진 고기를 또 자르고
그 무수한 이빨로
씹고 또 씹는다.

내가 뜨거운 보리차로
목구멍을 지지고 나자
큰녀석이 무슨 사색 끝엔가
이렇게 중얼댄다
오늘이 바로 Vernal Equinox.

그게 무슨 실없는 소리냐니까
오늘이 바로 낮과 밤의 시간이

꼭 같은 날이라 한다
아하 춘분이라는 소리구나.

그러면 이곳의 대낮이
한국으로 치면 오밤중이란 말인가.

며칠을 두고 비는 처량맞게 내린다.

산다는 것이
때로는 허위에 차고
비애스러울지라도
밥을 씹듯 씹고 또 씹어보면
삶이란 여전히 필연의 일임을
알게 된다.

가만 생각해보면
이곳의 대낮이나
한국의 오밤중이 다를 바가 없듯이
민족과 인류를 위한 투쟁은
소수 양심으로부터 피어나는 법.

오늘은 음력으로도 춘분
초연한 차태로 꼿꼿이 서 있는
한국의 젊은이가 더욱 싱그럽고
꿈엔들 잊을 수 없는 내 고향
푸릇푸릇한 보리밭 위를
종달새가 솟아오르는 날.

오늘은 양력으로도 춘분
쏟아지는 빗줄기 속에서도
철로에 뛰어들며 몸부림치는
미지의 미국인들
핵전쟁 도발자들에 항거하는
미국의 마지막 소수 양심.

오늘은 춘분
Vernal Equinox.

며칠을 두고 비는 처량맞게 내린다.

조 국

맨발의 아이들아
아느냐 너희는.

너희가 뛰노는
버려진 들판
좁은 논두렁
그 속에서 울려나오는
누군가 우는 소리를
맨발의 아이들아
내가 뛰놀던 고향에
다시 태어난 미지의
아이들아.

아느냐
하늘이 왜 푸르고 높은가를.

그 하늘에
팔매질하는 아이들아
용솟음치는 너희
슬픔도 가난도 물리치는

미지의 보고 싶은
시골 아이들아.

단단한 종아리로 들판을 누비며
싸릿대로 허공을 베어가며
한 맺힌 그 하늘에 팔매질하는
맨발의 아이들아.

아느냐 너희가 뛰노는 흙을
그 흙 속에 부옇게 나타나 있는
빼앗긴 조상의 뼈와
짓밟힌 애비에미의 머리칼과
총 맞은 청년들의 눈감은 얼굴을.

나는 안다
맨발로 달리는
미지의 보고 싶은
아이들아
어째서 너희가 팔매질을 하는지
나는 안다.

조상이 물려준
그 억울한 한을
그 치욕의 인내를
쳐부수기 위하여
하늘에 팔매질을 하는
맨발의 아이들아.

지나간 선대의 곡소리가
감추어진 늪에서
잡초로 무성한
이 시대를 사는
너희 그 용솟음은
차가운 시냇물이어라.

슬픔도 가난도 물리치는
미지의 보고 싶은
시골 아이들아
맨발의 아이들아
그 한 맺힌 하늘을 향하여
팔매질하는

아이들아.

아느냐
어젯밤 꿈에는
너희가 던진 돌멩이가
도깨비를 때려잡는 꿈을
내일 밤에는
너희가 던진 그 희한한 돌멩이가
하늘에 가 닿는 순간
신선이 되어 내려오는 꿈을
맨발의 너희가
소년 대행진을 하는 꿈을.

나는 안다
너희 그 꿈을.

미지의 보고 싶은
아이들아
너희가 맨발로 들판을 달리고
한 맺힌 하늘에 팔매질할 때

머나먼 나는
뱃고동을 듣는 듯
이렇게 중얼거린다
오 조국.

들 꽃

우연할 때면 생각나는 들에 핀 꽃
잃어버린 어제의 시간에 피어나는 너는
오늘도 어디에선가 수수하게 웃고 있겠지
빈 들판에 굳이 허한 마음이 되기 싫어
노랗게 웃고 있는 꽃
도시가 우리에게 엄청난 환상을 강요하고 있을 때에도
아이들이 벽에 욕지거리를 낙서하고 있을 때에도
너는 노랗게만 흔들리고 있구나.

아침 햇살이 걷히는 마지막 찰나엔
더욱 환히 웃을 줄 아는 들꽃이여
그러한 너에게도 사치는 있는 듯
하늘에다 대고 소리없이 웃는 너의 웃음은
때론 노랑나비가 되어 날기도 하겠지
허나 북아일랜드에서 이민 온 내 친구는
들에 홀로 핀 너를 보고 울었다
홀로이나 푸른 들판에 어엿이 피어 웃고 있는 너를 두고
우리는 서로 고향 이야기를 했지
눈물나는 고향 이야기
눈물나는 나라 이야기

불행한 우리들의 처지를 우리는 서로 이야기했지
가만히 웃고 있는 너를 사이에 두고 이야기했지.

나의 사랑하는 들꽃 작은 회한이여
그래도 지나가는 바람 중 그 어느 자락은
네게 머물러 진실을 일러주겠지
오늘도 어디에선가 수수한 얼굴로
너는 흔들리고 있겠지.

별들에게

오늘밤 저 유난히도 반짝이는 별들이여
우리는 너의 아름다운 빛 앞에 무릎을 꿇는다
오늘 어제 그리고 그저께에도
우리가 떠나온 나라 조용한 아침의 나라에선
슬픈 소식이 전해져왔다.

하도 믿기 어려운 사실을
차창 밖으로 흩날려버리며 집에 도착한
우리는 문이란 문은 다 걸어잠그고 그리고도
신문을 안 보려고 눈을 감고 라디오를
텔레비전을 꺼버렸지만
우리나라 광주의 피바다는
우리의 가슴을 흥건히 적셔왔다.

머리에서 발끝까지 우리의 육신은
한마디로 죄의 덩어리였을 뿐이다
우리가 씹은 음식은 돌밥이었고
우리를 잠재우던 이불은 가시숲이었다.

울음 대신 침묵을 삼키면서

우리는 자신들에게 물었다
저 머나먼 나라 이미 반쪽이 되고도
한이 차지 않은 조국은 어디로 가고 있단 말인가
이 낯선 땅에서 자유 평화를 누리는 우리는
또 무엇을 어떻게 할 수 있단 말인가.

오늘밤 저 유난히도 반짝이는 별들이여
반짝이는 너희들 별 속에서 우리는
피를 토하고 떠나간 수천의 얼굴을 본다
너희 그 아름다운 얼굴을 향하여
우리는 무슨 말을 할 수 있단 말인가.

내일 그리고 또 수없는 내일의 밤에도
너희 아름다운 별들은 반짝일 것이다
거꾸로 지나간 한국의 역사를 한탄하며
그저 오늘을 사는 데에만 급급한 대중을 한탄하며
오늘밤처럼 너희들은 반짝일 것이다.

우리의 육신이 죄의 덩어리로 남아 있는 동안
너희 미지의 수많은 얼굴은

총명한 별빛으로 남을 것이다
뭉치기는커녕 발버둥칠 줄도 모르는 우리 속물들
우리는 무슨 말을 할 수 있단 말인가
오늘밤 저 유난히도 반짝이는 별들이여
오 거룩한 너의 얼굴빛이여
우리는 너희 아름다운 빛 앞에 무릎을 꿇는다.

조국의 달

보아라
참나무 마룻바닥 같은 데, 아니면
시멘트 바닥 같은 데,
두 무릎 아프게 꿇고
조용히 눈감아
보아라
깜부기 툭툭 불거진 보리밭 사이로
개울가에 버려진 애총 위로
솟아오르는
솟아오르는
환한 덩어리를
보아라
데친 호박잎 허겁지겁 먹고
하늘 꼭대기로
하늘 꼭대기로
울화통 치밀어버린
뜨거운 달
그래도 강산엔
아름다운 사철이 찾아오건만
멀쩡한 너와 나의 얼굴엔

슬픔만이 덮여 있구나
찾을 수 있는 사랑도
아주 잃어버린 척
오로지 조마조마한 가슴으로
손톱이나 물어뜯는
이 시대의 우리들이여
이제껏 답답하고
원통했던 것은 무엇이었더냐
아아, 못난 우리들이여
양잿물이나 퍼먹고
하늘 꼭대기로
하늘 꼭대기로
머리 풀고 미쳐버릴
이 시대의 못난 우리들이여
아무도 내가 내 것을 지니지 못한 채
우리는 정말 어디로
쓸려가고 있는 것인가
동해 바다 갯벌이나
강원도 산골짜기나
형무소 돌담 밑 같은 데서

보아라
두 무릎 아프게 꿇고
조용히 눈감아
보아라
민족은 한 핏줄로
애끓는 소리
애끓는 소리
소리는 싸릿대 회초리에 들러붙어
우리를 매질한다
우리를 매질한다
그러나 여전히 비어 있는 건
너와 나의 실체다
찾을 수 있는 사랑도
아주 잃어버린 척
멀쩡한 얼굴들이여
보아라
횟병에 돌아간
수많은 어머니를
끝까지 조선옷으로 단장하고
그만 이별해버린

수많은 어머니
그렇게 철저한 어머니를 가졌던
이 시대의 겁 많은 우리들이여
저 준엄한 지평을
보아라
지평 위에 뜬
우리들 화병의 어머니를
보아라
순결의 살덩어리를
아직도 눈뜨고 있는
뜨거운 혼을
보아라.

씨알머리 타령

내 씨알머리
집안 구석구석 눈 비비고 보면
아버지적 왜놈 시대는 물론
할아버지의 그 아버지적
당나라 놈들이 들이닥칠 때부터
내 씨알머리
콩으로 죽을 쑨대도 볼장없는
오로지 천추의 한.

요새는 피도 살도
남으로 북으로 갈라져서
내 땅 안에서도
가도 오도 못하는 세상
북으로 넘어간 구로동 세 분 형님들
소식은커녕 생사조차 알 길 없어
망우리 고개에 동그랗게 누우신 할아버지께선
또 당신의 아버지를
까마득히 멀어져간 당나라 군마의 말굽 소리를
왜놈 경찰들이 닭 잡듯 조선 사람 때려잡던 때를
아니 초음속 쌕쌔기 폭격에

세상 떠난 신촌 큰누님을
한꺼번에 흙 속에 묻어버리시고……

내 씨알머리
밑도끝도없이
무슨 팔자소관으로
양키 나라에 와서
어머니는 글자도 화려한
할리우드 뒷산에 묻히시고
아버지는 우리나라 경기도 양주군
덕소리 석실에 묻히셨나.

내 씨알머리
이놈의 나라에 또 내 씨 두 녀석 놓아
고것들 밑도끝도없이
눈만 뜨면 양키 두둘두 타령이라.

아무리 생각해봐도
머리에서 발끝까지
어디서 어디까지가

꿈이고 생시인지
분통터질 노릇이련만
어제도 오늘도 혀 꼬부라진 소리로
땡볕 아래 돌고 돈다 고추잠자리모냥
이러다간 곧 끝장이 나련만
내 씨알머리 다할지 모르련만
언제 진정으로 고향에 안겨볼 것인가
언제 통일된 조국 강산에 안겨볼 것인가.

달아 밝은 달아

이제 너에겐 태백의 짝사랑도
우리네 손톱발톱 빠지는 인고도
하등 상관이 없는 듯
그래 우리는 달밤에 침을 뱉는다
이제 너에겐 아름다움도 없는 듯
우린 달밤에 오줌을 눈다
애비들은 술집에서 고꾸라지고
에미와 새끼들은 금간 장독대에서
술래잡기를 하면서
수천만 한국인이 딸꾹질을 한다 딸꾹질을 한다
달아 밝은 달아
이제 너에겐 무엇이 남아 있느냐
그 고독한 침묵 외에
혹 한 자루의 비수라도 감추고 있다면
다오, 우리 손에 칼을,
우리에게 비장한 칼을.

복엽 채송화*

해마다 이맘때면 꽃이여 오는구나
와서는 겹겹 묻어나는 얼굴로 웃는구나
내 시름시름 아파하기 무척 오래 전부터
꽃이여, 너흰 그렇게 오고 있었구나
여린 잎들이었지만 흙에 흐느끼던 뿌리로
하늘의 푸른 내력 우러르다 자지러지듯
붉은 꽃이 되곤 하던 너희
온 강산에 낭자하던 피, 서러움, 진분홍꽃
이제 내 누추한 뜨락에도 서러움은 되살아,
하지만 지난날의 통곡도
내 강산 구릉구릉에 쓰러진 수많은 상여도
이젠 꽃술에 묻은 분가루인 양
차마 울음 대신 웃음으로 피어나는 너희
해마다 이맘때면 꽃이여 오는구나
와서는 겹겹 묻어나는 얼굴로 웃는구나
내 시름시름 아파하기 무척 오래 전부터
꽃이여, 너흰 그렇게 오고 있었구나
와서는 다시 해를 보는구나.
그래, 보아라, 겹겹 묻어나는 얼굴로 보아라 해를
해 속엔 늦은 봄 서러움도

정말로 눈물겨운 너희 꽃상여도
너희 어머니의 진분홍 가슴도
내 쓸모 없는 시혼도 모두모두 함께 있구나.

  * 5월 광주 의거를 기념하는 시.

바람 1

바람 바람 바람이여
우리 가슴속에 영원히 파도치는
뿌리칠 수 없는 사랑
조국의 숨결
바람 바람 바람이여
산을 넘고 들판을 넘어
기러기떼 날려보낸 후에도
바람 바람 바람은
갈대숲에서
울고 또 울었네.

바람 바람 바람이여
남은 북을 향해
북은 남을 향해
일으키자
바람이여 겨레의 숨결
바람이여 불어라
바람이여 백두산에서
한라산 끝까지
만병초와 동백꽃이
삼천리를 뒤덮을 때까지.

바람 2

바람
바람이 일어난다
호미자루 낫자루 끝에서
오장육부에까지
바람이 일어난다
바람
하늘이 일으키는 바람
산기슭에서 불어오는 바람
바람이 껄껄 웃으며 일어난다
바람
황토 위를 자욱이 달리는
바람
바람이 말을 한다
넋 빠진 자들에게
껄껄 웃으며
말한다
일어난다
분다
바람
바람이 회오리치며

말을 한다
아무것도 감추지 말라
두려워하지 말라
그 썩은 눈으로는
내일을 기다리지 말라
바람
흐흐
바람이 문고리에 들러붙어
귓바퀴에 들러붙어
흐흐
썩은 자들의 혼을 뺀다
흐흐
걸레 같은 자들의 혼을 뺀다
바람
바람이 일어난다
젊음의 슬기를 앞세우고
내달리는 바람
달린다 바람이
수천의 철필이
수천의 쇠갈퀴가

내달린다
일어난다
말한다
분다
바람
흐흐
코피를 흘리며 내달린다.

허나 내일모레글피 그 글피에는
바람
바람은 참빗으로 머리 빗고
바람
바람은 햇빛 속으로
바람
바람은 말짱히
코피도 씻고
햇빛 속으로
바람은
한풀고
사랑이 모여 있는 골짜기로

바람
바람은
어여쁜 댕기 달고
햇빛과 놀다가
바람은
고요히 드러누울 것이다
바람
아름다운 댕기 꼬리로
바람
바람은
드러누울 것이다 사랑 위에
바람
어여쁜 댕기 풀고
드러누울 것이다
바람
고요히
고요히
내 땅 위에.

우리 한석이

우리집 둘째 한석이는
지 에미애비의 나라
한반도의 사정이 어찌 됐는지
아는 바가 없다
안다면 올림픽이 곧 열린다는 사실
아니 비싼 리복 신발이
코리아에서 만들어진다는 사실.

그런 녀석이 이따금씩이나마
지 에미애비를 동정적으로 보는 때가 있다
그때마다 우리는 도리어 녀석을 놓고
속이 상해 고개를 젓곤 한다
이그으 이 불쌍한 새끼
어쩌다가 양키 두둘 타령이나
지껄이게 되었단 말이냐.

그래도 우리 한석이는
불평 한마디 없이
즐겁게 웃기만 한다
이 녀석이 올해로 만 열두 살.

양놈 이름으론 케네스
케네스는 아직도 애기처럼 수줍은 아이
이 아이에게 슬며시 한글을 가르쳤다
그랬더니 뜻은 미처 모르지만
한글을 줄줄줄 다 읽는다
인제는 스무 살 먹은 제 형 피터에게
한글을 가르친다
머리를 박박 깎은 우리 한석이가
여덟 살 위인 제 형에게
어머니 아버지 한범 한석을
한글로 쓰면서 소리내면서 가르친다.

또 우리 한석이는 지 에미와 때때로
한국 영화를 보는 모양
하루는 길거리를 걷고 있자니
문득 한석이란 녀석이 길바닥을 가리키며 소리친다
이거 봐 아빠 토지!

미국에서 나서 미국놈 행세만 하는 줄 안
우리 한석이가

박경리 여사의 『토지』를 보고
이 자본주의 나라 아스팔트 줄기를 보고
이것이야말로 문제가 있는 줄기라고
소리질렀다는 사실
얼마나 고맙고 신통한 일이냐
이조 시대 조선인들의 토지건
모리배 시대 양키들의 길이건
인간이 인간 자신을
제도적으로 노예화하는 데에는 다를 바 없는 것
그래 잘 봤다 우리 한석이 잘 봤어
이런 녀석이 요즘엔 한글말고도
한문으로 제 어려운 이름 한석을 척척 써내니
지 에미와 애비는 눈물만 글썽.

이런 우리 한석이가 겨우 여섯일곱 살 적엔
지 애비가 툭하면
전두환을 때려잡자 하고 소리치니
그 녀석마저 지 애비 흉내를 내
차마 그냥 둘 수 없어 한마디 한다는 것이
임마 한 나라의 대통령한테

애들은 그런 소리 하면 못써!

하여간 우리 한석이는 착한 아이
집 속에 꼭 갇혀서 「코스비 쇼」 따위나 보고
바깥은 위험하다고
지 에미애비가 못 나가게 한다
그래서 이 아이는 정서가 부족한 아이
내 어린 시절엔
귀신잡기 강냉이 튀기는 아저씨 쫓아다니기
동리 아이들과 떼지어 병정놀이하기
시냇가에서 하루종일 텀벙거리기
빈 병으로 엿 바꿔먹기
연날리기 제기차기……
얼마나 신비하고 무한한 놀이가 있었던가
이 아이 우리 한석이는 정서가 부족한 아이
그래서 지 에미가 바이올린을 가르쳤다.

투덜거리면서도 우리 한석이는 잘한다
마음을 놓을 수 없는 험악한 세상에 막내로 태어나
애기처럼 에미 곁에서만 살려는

우리 한석이가 대체 무엇이 되려나?
덮어놓고 양키 두둘 타령만은 하지 않겠지?
이 아이가 무럭무럭 자라서
당당한 어른이 되었을 때
그애는 이미 지 에미와 애비가
이 세상에 존재하지 않을 때
애가 생각하는 부모
어쩌다가 조국을 등지고 어려운 삶을 선택했는지
그리고 꿈의 맨 밑바닥 같은 코리아에 대해
얼마큼의 관심을 갖게 될지.

지금 우리 한석이는 겨우 열두 살
허나 세월만큼 속절없는 것은 없다
우리 한석이가 대체 무엇이 되려나?
하긴 애가 무엇이 되느냐가 중요한 것은 아니다
이 에미애비가 바라는 건
우리가 이 세상에 더 이상 존재하지 않더라도
결코 울지 않는 인간
저 미명의 세계를 향해
가장 인간적인 탐험가의 모습으로
당당한 어른이 되어주기를 바랄 따름이다.

그랜드캐니언 별곡

이럴 수가 있느냐
이럴 수가 있어
너를 보는 순간
도대체 너는 무엇이냐
예수 그리스도도
석가모니도 소용이 없는
밑빠진 세상
이럴 수가 있느냐
이럴 수가 있어
도대체 너는 무엇이냐
너의 그 요사한 치마폭에
결코 휘말리지 않으려는
나의 의지를 너는 알 도리가 없느니라
그 어떤 심장 약한 사내들이
나이아가라 폭포에 투신 자살한다지만
가소롭다
너는 결코 나의 의지를 꺾지는 못하리라
그래 너는 천하의 벌이란 벌은 다 받아
그 시뻘건 밑구멍을 가지고
그야말로 뻔뻔스럽게

아메리카의 미소를 팔고 있으니
가소롭다
도대체 너의 정체는 무엇이냐
너를 굽어보고 있는 내가
골백번 죽었다 살아난다 해도
애리조나 카우보이가 될 수 없는 것처럼
너야말로 억만년 그대로 침묵만 지키거라
제기랄 도대체 너의 정체가
나하고 무슨 상관이 있단 말이냐
무엇 때문에 나는 너의 꼴을 봐야 한단 말이냐
아무리 두 눈을 부릅뜨고 보아도
너는 너무나 광적이다
아니 시뻘건 치마폭을 뒤흔드는 너는
어쩌면 그렇게도 창녀스러운가
이것 보아라
들어보아라
아무리 대가리를 처박아도
애리조나 카우보이가 될 수 없는 나는
영원한 코리언일진대
이럴 수가 있느냐

이럴 수가 있어
너 따위 허망한 앞가슴에
내 어찌 안겨버릴 수 있겠느냐
나의 애인은 동백꽃 피는 한라산이요
나의 어머니는 수정 같은 금강산이요
나의 아버지는 혼신을 가꾸는 백두산이라
너 따위 천박한 하룻밤 사랑에
내 몸 결코 버릴 수 없으리니
그래도 너는 나를 알지 못하는구나
아메리카의 내장이란 내장은 다 드러내놓고
인디언들 뿔뿔이 다 흩트려놓은 채
이제 와서 너는 달이나 보는구나
자본주의가 쏘아올린 로켓이 박힌
희멀건한 달이나 쳐다보고 있구나
그러니 너에게는 예수 그리스도도
석가모니도 소용이 없느니라
아니 너의 그 밑구멍이야말로
핵폭탄 떨어진 밑구멍이 아니겠느냐
너의 그 핏빛 사타구니에
아메리카 자본주의 돈이란 돈은 다 묻어버려

폭탄이란 폭탄은 다 묻어버려
마약이란 마약은 다 묻어버려
하다못해 에이즈마저 다 묻어버려
그렇게 함으로써 너의 운명은 다시 시작되리니
이럴 수가 있느냐
이럴 수가 있어
너를 보는 순간
동방의 조용한 아침의 나라에서는
참으로 인간다운 통일 운동이
국제 운동 경기에 앞서 통일 운동이 열정적이니
사실 너 같은 건 받아들일 수 없다
그러니 나는 오직 정의만을 가르치고 싶고
너는 나에게 모리배들의 최후를 보여주렴
너야말로 참 희귀하다면 희귀할 따름
이럴 수가 있느냐
이럴 수가 있어
억만년 동안 계속되는 너의 밑 빠진 세상
그래 이놈의 아메리카야말로
꿈의 세상은 물론 아니요
그렇다고 생시의 세상은 더구나 아닌

거꾸로 나자빠진 세상
밑 빠진 세상
구멍난 아메리카여
이럴 수가 있느냐
이럴 수가 있어.

초설부

해질녘 시냇가에 살얼음 퍼질 때
우리 가슴에 삼라만상이 깃들일 무렵
하늘에서 오시는 하얀 꽃가루.

오, 보일 듯 보이지 않는 하얀 나그네여.

생각하면 아득하여라
아득할수록 더욱 보고 싶어라.

보이네 무릎 꿇고 정좌한 열 손가락 사이로
이역만리 우리나라
보살보다 더 정결한 모습으로
소복히 오시는 나그네.

하얀 꽃가루 뿌리시는 나그네여
말해다오 우리 가슴 복판에 맺힌 한을
말해다오 통일은 언제 오는가를.

아득할수록 그리움은 커라
그리워라 삼천리 방방곡곡에

그윽이 오시는 하얀 꽃가루.

보일듯 보이지 않는
은백색 꿈가루.

아, 한잔의 소주를 마시며
울고 싶어라 내 땅 내 하늘에.

광 주

빛은 가장 은은한 곳에 움트느니
천추광명 내리신 그 땅
원한마저 사랑으로 변하는 그 땅
오늘도 이름 모를 젊은 혼은
빛으로 움터 솟는다.

솟는다, 대지에 스며 너울거리는 혼
감정적인 일상은 멀리멀리 걷힌다
그의
그들의
최종적인 눈물을
아무도 들을 수 없는
저 고요를 빌리면
치욕은 공간으로 뚱뚱 불어
빛의 살로 퍼지고
영원히 시작되는 숙명으로
젊은 주검의 혼은
미래의 골짜기에 산다
그 혼은 온갖 인내가 치달은
오, 누설할 수 없는 우리의 천박을

젊은 혼은 어루만진다
시작에서 끝나지 않고
다시 없이 시작하는,
그 마지막을 빌리면
우주의 잠자는 그림자마저 엿들을 수 있나니,
그의
그들의
뼈만 남긴 주검은
하늘의 말씀.

솟는다, 대지에 스며 너울거리는 혼
가장 은은한 곳에
빛 움터
아무도 볼 수 없는
저 아득한 마른 나뭇가지 근처를
눈은
내린다.

서 승

이 사람은 누구인가
낮에는 눈이 부셔 잘 보이질 않는다
어스름 불빛 아래
보고 또 본다.

타다 남은 석탄 덩어리 같은
이 사람
6·25 때 월북한
구로동 형님 같기도 하고
4·19 때 동대문 근처에서
이승만 경찰대에 총 맞아
다시는 일어서지 못하던
학교 친구들 같기도 하다.

이 사람을 보는 눈
겁에 질려서 보는 눈
우리의 눈
누가 우리를 겁에 질리게 했던가.

그러나 이 사람은

겁에 질린 우리를 향하여 웃는다
그 얼굴에서 한반도의 지도가 살아 움직인다
10년 동안 고문당한 얼굴
반세기 동안 반동강이 난 한반도.

한반도의 예수쟁이들이여
이스라엘의 성도들이여
이럴 수가 있는가
우리 세상에 예수가 있다면
누가 진짜 예수인가.

이 사람을 보라
이 사람이 간첩이었다면
민족을 배반한 진짜 간첩들이
누구였던가를 보라
눈이 빠지도록 보고 또 보라.

서승
마지막 양심으로 불타버린 그 얼굴
아직도 고문당하고 있는

미지의 수많은 그 얼굴들
7천만 겨레의 아픔
이 사람은 누구인가.

인디언의 땅

이 땅 깊은 곳에서 숨쉬고 있을
아메리칸 인디언들이여
이 붉은 평원의 감회가 말하듯
우리는 당신들의 피나는 과거를 뒤돌아본다.

아메리칸 인디언들이여
당신들이 남기고 간 말굽 소리를
당신들이 남기고 간 숙원을
우리는 이 붉은 흙 속에서 듣는다.

어떻게 하면 우리 인간들의 살이
이 흙처럼 붉게 될 수 있을까
어떻게 하면 우리 인간들은
참인간으로 정결하게 살 수 있을까.

이 땅 깊은 곳에서 숨쉬고 있을
아메리칸 인디언들이여
우리는 당신들을 우러르며
우리 인간의 미래를 본다.

흐린 밤하늘의 별을 보며

흐린 밤하늘의
참으로 아득한 곳에서
별 하나가
추운 듯 가물거린다.

자세히 보면 볼수록
저 머나먼 별은
어렸을 적 밤나무 동산에
마지막으로 남았던
작은 밤송이 같기도 한데,

어쩌면 이렇게도
오늘밤은
일체의 소리가
적막 속에 갇혀 있을까.

다만 차가운 유리창 사이로
먼데서 짖는 개소리가 있을 뿐,
그리고 간헐적인 구급차 소리가 있을 뿐.

그런가 하면
별이 깜박이는 동안
귀기울여보면
가벼우나 무거운 흑인들의 재즈 소리도 있다
머나먼 아프리카의
아픈 소리가 아직도
철창에 갇힌 만델라의 신음 소리가,
그런가 하면 머나먼 나라
인도에서 테레사 수녀의 목소리가 들려온다.

바람에 스쳐 가물대듯
저 이름 모를 별 하나가
가까스로 빛을 내고 있는 동안
마음 깊은 곳으로부터
미지의 젊은이들의 목소리가 들린다
방황하는 소리가 아닌
벌판에서 골짜기로 달리는 소리.

소리는 끊겼다 이어졌다 하고
별은 아직도 추운 듯 가물거린다.

어쩌면 이렇게도
오늘밤은
마음 가눌 길이 없는 것일까
내일쯤엔 친구의 편지라도 올까.

유리창에 또 바람 소리가 난다
흐린 밤하늘의
참으로 불안하고
고적한 저 별을 보며,
철없는 막내둥이의
차낸 이불을 다시 덮어준다.

이 슬*

생각이 있고
몸이 있는 사람이라면
그 어느 새벽녘에
한 번쯤은 혼자 길을 걸으리라.

새벽길을 가는 마음.

그 마음
한마디로 풀빛이어라
하늘의 한 점 구름이어라.

한 사람이
생애의 한가운데를
아무도 모르게 걸어보는
새벽길.

새벽길에
닿는 이슬의 촉감.

생각이 있고

몸이 있는 사람이라면
발끝 이슬의 슬픔 알리라.

우리 아름다운 강토의 이슬.
가슴속에 알알이 맺혀오는 이슬.

나라 안에서나
나라 밖에서나
너와 나는
한덩어리
우리.

내가 걸어보는 새벽길.
두 발이 그만 이슬에 젖어버리네.

새벽길에
닿는 이슬의 촉감.

아, 수경이 목소리가
가늘게 끊어질 듯

새벽 바람 속에 이어져라.

손에 성경을 들어봐도
손에 불경을 들어봐도
그 어느 순리에 귀를 기울여봐도
어찌 우리 수경이가
감옥살이를 해야 한단 말인가.

생각이 있고
몸이 있는 사람이라면
발끝 이슬의 슬픔 알리라.

　　* 통일의 꽃 임수경양을 생각하고 쓴 시.

새에게

새야 날아라
날아올라라
하늘 끝까지

너의 날개는
나의 꿈이다

새야 날아라
날아오르고
거듭 날아라

나의 가슴은
너의 눈이다

새야 보아라
보라 광활한
너의 대지를

나의 보람은
너의 삶이다

새야 날아라
하늘 끝까지
솟아올라라

나의 진실은
너의 자유다.

개들에게

세상의 개들이여
멍청한 듯한 너의 얼굴은
그러나 인간보다 훨씬 진실스럽다.

너희는 말없는 말을 할 줄 알며
두 귀를 곤추세울 줄 알며
세상의 냄새를 맡을 줄 안다
그 지겹고 더러운 오만가지 냄새를
너희는 다 안다.

그뿐이랴
우리의 꿈이 사치와 욕망이라면
개들이여
너희 꿈은 머나먼 지평선에 있다
인간의 눈으로는 보이지 않는
아침이 움트는 지평선을 너희는 본다.

그리고 해를 우러른다
그렇다 세상의 개들이여
일찍이 현명한 인디언들이 그랬듯이

너희는 아마도 해의 신을 믿을 것이다
그러면 우리는 무엇을 믿는가
인간은 인간을 믿지 못하고 썩어만 간다.

개들이여
인간의 썩는 냄새에 어찌할 바를 모르는
세상의 개들이여
너희가 달을 보고 짖어대는 이유는
외롭고 쓸쓸해서가 아니라
인간이 더럽기 때문일 것이다.

해의 신이 가르치듯
들판을 달릴 줄 아는 개들이여
악한 자를 보면 물어뜯을 줄 아는 개들이여.

부끄러워라
우리 인간은 무엇을 아는가
안다는 것은 고통일 뿐
매일처럼 우리는 위선의 코트를 걸친다
그러나 너희는 어둠과 추위를 이길 수 있는

순수한 털의 코트가 있다.

개들이여
세상의 개들이여
너희는 짖고 싶을 때 짖을 줄 알며
싸지르고 싶을 때 쌀 줄 알며
울고 싶을 때 울 줄을 안다.

그러면 또 너희는 어떻게 우는가
눈물 없는 울음을
우리 인간이 알 수 없는 울음을 우는
세상의 개들이여
우리 인간은 사실은 너희보다
더 멍청스럽다.

제2부
갱에서 죽은 어떤 광부의

길 1

나무들이 숲을 이루어 자라듯
사람은 사람과 더불어 길을 간다
길
사람은 언제나 길을 찾아 나서지만
길은 끝이 없다
새들도 끊임없이 하늘을 난다
끝이 없는 하늘
끝이 없는 길
길에 끝이 있다면 그건 길이 아니다
가야 할 길이 없다면
이 세상은 세상이 아니다
물도 가야 할 길을 따라 흐른다
길
사람이 길을 나서면 비로소 사람이 된다
사람이 된다는 것은
가야 할 길을 안다는 것이다.

길 2

영원은 끝이 없다
끝이 없는 곳을 향하여
아무리 눈을 부릅떠봐도
영원은 보이지 않는다
보이지 않는 것이 곧 영원이다
그러나 우리가 떠난 길에는
시작이 있지 않았던가
그럼에도 우리가 가는
길은 끝이 없다
보이지 않는 곳을 향하여
끝이 없는 길을 나선 사람들
사람이 가는 길……

복숭아

복숭아를 보면
어머니 생각이 난다
우리나라 시골이나 도시에서나
아이들은 손에 복숭아를 받아쥘 때마다
그냥 꽉 깨물기 전에
복숭아를 가만히 본다.

복숭아는 예쁘고 또 슬프다.

복숭아 꼭지께는 손오공 같기도 하지만
아니, 새벽 봉오리진 연꽃 같기도 하지만
특별히 우리의 어머니들은
복숭아를 앞치마에 정성껏 싸가지고
자식들에게 주었다.

이제 그러한 나의 어머니는 저승에 계시고
우리나라의 수많은 어머니들이
또 그렇게 이승을 떠나신 채
자식들은 철도 없이
남으로 북으로 갈라진 채

제 육신마저 값싸게 패대기를 치고

그렇다
복숭아를 잘 들여다보면
아직도 인자하신 어머니의 손끝이 보인다.

복숭아는 예쁘지만 또 슬프다.

복숭아는 아무렇게나 먹는 법이 아니다
저승의 수많은 우리 어머니를 생각하며
머나먼 조국을 생각하며
철없는 우리의 혼을 감싸듯
두 손으로 오래 쥐고 있다가
먹고 싶어도 조금 더 참고 있다가
한입 꽉 깨무는 것이다.

소나무 한 그루

그립고 그리워요
사시사철 푸르기만 하다는 게
무슨 소용 있어요
솔잎마다 사무친 이슬을 보아요
이슬은 또 무슨 뜻이 있어요
부질없어요
안 들려요 이승에서도 저승에서도
그런 건 다 안 들려요
쓸모 없는 초록의 따가움일 뿐이지요
그런 건 부처님 근처나
맴도는 영원이겠지요
송진이 목타는 소리를 내어요
이젠 그립다조차 말하지 말아요
이다지도 살 야위는 그리움
또 어디 있겠어요
또 어디 있겠어요.

그 사람

그 사람은 부인하는 머리 뒤통수의
작아지는 꼬리를 은닉하면서
별똥별 싸대는 밤 경치에까지 당도했다
그는 순순히 뜨거운 납덩이를 받아넘기더니
희미한 교미에 앞서
개미 허리처럼 잘룩지어
도대체 그 사람은 생소한 식물 같기만 하이.

어언 동녘은 밝아
마침 그는 마분지 같은
생의 여러 군데를 꿰매댔다
그 사람은 그리고 최후의 기동력을 몰아
자기의 등 너머 북을 찢었다
그는 세계는 피의 꿈이란 것
자기는 세상 마당귀에 떨어진 홀연한 이삭임을
살아가는 비린내 속에서 거울을 보는
그 사람의 영육은 푸른 서슬에 스침을 받는다
그는 잡혔다 취안인 채 드디어
그는 피를 내보낸다 최초의 적막으로
그 사람은 하얗게 질렸다

그의 마지막이 벌레 소릴 내며 떨어진다
그는 침착하게 운다 전원에 엎뎌
어머니 사랑을 빨아들이며
변모하며 애절한다
배경은 어둠인 채 새살만을 빚어내고
완강하였던 그 사람의 뒤통수가 흙인 양 부스러진다
어디선가 애기 울음이 들리더니
일진광풍이 먼지를 일으킨다.

밀 행

그는 갇혀 있다
되풀이되는 사유
점친다
어디서 어디로 돌아와 만날 것인가
그러나 사방은 완전한 건반
그가 움직일 때마다
주변에서는
뜨거운 오열이 일어난다
포식한 악의 벌레가 긴다
거미가 차양을 거슬러 간다
노랗게 스며서 깔깔댄다
깔깔대는 거미를 그는 쓰러뜨린다
드디어 그는 마지막 신음으로
다시 탄생한다
갇혀 있는 곳으로부터
요술처럼 솟아올라
억만의 눈초리로 부활하는
그 위에 또 귀를 대고
그는 꿈으로 뭉쳐서
피어오른다.

이제 그가 갇혔던 자리에는
그의 마음의
커다란 손이
꿈틀거린다
그 위로 한 줄기
아련한 햇살
죽은 건반 위를 흘러내리는
아득한 곳에 걸려 있는
그림자
지옥으로 쓰러져가는
악의 벌레
거미 우는 소리.

선

우주의 한 찰나가
자아 속에 들어오려 한다
이제 육체는 정좌해야 한다
사리사욕을 버려야 한다
선과 악의 구별조차 필요치 않는 사랑
오직 지혜의 사랑을 찾아야 한다
두 팔로 우주를 얼싸안을 준비를 해야 한다
마지막 제식을 차려야 한다
천년의 세월이 찰나가 되어
아지랑이 속에서 탄다
땅은 곱게곱게 갈라져나가고
정신은 말끔히 씻겼다
우주의 한 찰나가
자아 속에 들어오려 한다
육체는 바르게 정좌하고 있으니
감은 눈은 뜬눈이요
눈 속으로 빛이 새어들고 있다
대기의 바람을 잡아보려는 찰나
한 생명이 우주 속에 너울거린다
눈을 비비고 자세히 보니

오, 우뚝 솟는
커다란 산.

한*

한,
하나를 알기 위하여
우리는 둘을 모두 알아야 합니다
그건 우주의 정수리 같은 것이기도 합니다
우주의 꼭대기라니?
그러니 알다가도 모를 일이
한입니다.

깜깜한 자정
밤하늘이 별똥을 싸대는 순간입니까?
아니면 그 비밀스런 귀뚜라미
귀뚜라미의 노랫소리입니까?
하여튼 이런 비범찮은 징후로서
이미 철이 난 사람도
그 알 도리를 속히 알아낸다 함은
쉬운 일은 아닙니다 그것이
한입니다.

한,
그러면 하늘과 흙을 봅시다

하늘은 흙의 밖이요 사랑이니
흙은 또 하늘의 안이요 씨를 거둡니다
그리하여 존재하는 것은 무한합니다
지극히 넓고 크고 뾰족한 정수리
이를 두루 가리키어
한이라 일컫습니다.

진주알을 꿰듯 우리 것을 찾아
진달래 개나리 초가삼간
아니 심청이의 마음 녹두 장군의 마음
이렇게 우리 강산을 두루두루 꿴 것이
한입니다.

한,
굳이 알다가도 모를 일이 한이라 한다면
그렇다면 모르다가도 알 수 있는 것이 또
한 아니겠습니까?
우리는 매일 물을 마십니다
물은 산소와 수소의 결정체라고 합니다
그러나 물은 둘이 아니라 하나입니다

그러나 물 중에서도 어머님이 사발 그릇에 떠주시는
정한 물만이 오직 물입니다.

오늘 우리가 갈구하는 물은 무엇입니까?
모르다가도 알아지는 오직 그 한 길
우리의 흙이 씨를 이어나가고
무한한 하늘은 우리를 더욱 가르칩니다
그러니 철이 난 사람은 다 압니다
하늘과 흙 사이 뼈에 사무치어오는 그것 그것이
한입니다.

한,
그러면 오늘 우리의 영원한 물음은 무엇입니까?
바지 저고리입니다
둘이 하나가 되는 정의
흩어진 남북의 형제들이
하나로 뭉치는 감격
이 감격이야말로 어머님의 염원입니다
어머님의 일편단심
그것이야말로 우리의 아름다운

한입니다.

* '한'의 발음은 짧고 힘있는 것이며, 우리가 쓰는 원망의 뜻으로의 다
른 한은 길게 발음한다. 김상일 · 로영찬 저서(*Hanism as Korean Mind*)를 읽고 쓴 작품이다.

환

나는 고요히 누워 있다
내 마음 허공에
꿈같은
내 영원의
뚜껑
고요히 앓고 있다
나는 하늘에 나를 쏜다
내 남은 시간의 시위를 당겨
나를 쏜다
아득한 영혼의 둘레에서
피의 비둘기떼가 떨어진다
빚어진 나무 그늘에서
내 마음 허공으로
피를 흘린다
나는 고요히 누워서 피를 흘린다
빛은
교교한 빛은
내 마음 피 흘리는 허공으로
성당의 밝은 대낮
미래의 공동 묘지인 성당의

대낮
나는 겨냥한다
미래의 무서운
나를
쏜다
검은 그림자들이
우수수
내 마음 허공에 낙엽진다
그리하여 나타나는 새로운
달밤
미래의 공동 묘지인 달밤
꿈같은
내 영원의
망대
고요히 앓고 있다
끊임없이 나는
나를
쏜다
내 마음 허공에
나는 고요히 누워 피 흘린다.

정 좌

저는 고백하자면 세상에 젖는 떡잎인가 하와요
끊임없는 적막이 머리 끝을 얼려
그래요 설레는 기쁨에 잠이 안 와요
진정 모르는 일이어요
낱낱이 두근거리며 귀기울여오는 터이지만
내 안에 흩어진 화투장 그것은 무엇이온지
백지는 불붙고 꿈은 자꾸 지연돼요
사이비 나의 중량감은 사라지죠
살아 솟아나는 모습 화안히 눈에 뵈어요
이내 모르는 바람결일랑
님께나 여쭐까 하온데
뇌리에 한번 비껴난 그 사리를
갈수록 심약한 이 저의 마음은 무엇이온지
저는 속도를 버려요
그래 모든 슬픔을 이해해요
벌어지는 뼈마디마다에는
어디선가 시린 달빛이 새어들고요
대뇌에서 자르르 피 흐르는 소리
무엇이온지 어떡하면 좋아요
적막을 스치는 이 살갗에서

무엇이온지 피어나네요
진정이지 이젠 저의 늑골을 꼬집어주시든지
이 몸을 아뿔싸 거둬주시와요
진정 여쭙자 하오면
저는 살아 있는 어스름인 듯
그래요 끊임없이 이내 비밀을 접합시키네요
내다뵈어요 열 손가락 사이
깊은 산중에서 나무 패는 소리.

얼 굴

얼굴이 떠오른다
보름달이 떠오르듯
산등성이 위로
얼굴이 떠오른다
알다가도 모를 얼굴
너는 누구냐
얼굴은 구름 속으로
구름을 날개 삼아
떠나간다 하늘 속으로.

얼굴은 밤하늘 속으로 사라져갔다
얼굴은 어디로 갔을까
샛별로 갔을까
은하수로 갔을까
육체를 잠속으로 빠뜨린다
잠속에서도 얼굴은 내 앞에 있다
너는 누구냐
그러나 물으면 물을수록
얼굴은 아득한 곳으로 간다.

얼굴은 새벽에도 보인다
바람 한 점 없는 새벽
얼굴이 다시 떠오른다
너는 대체 누구냐
그러나 얼굴은 다시 멀어져가고
새벽은 거대한 거울이 되어
온 누리에 햇빛을 반사한다
물으면 물을수록 부질없는
얼굴.

수정 속에 하나의 깃

수정 속에 하나의 깃,
대나뭇가지 그림자가 달빛을 받아
흰 벽에 던져지듯
아시나요, 늙은 홰나무 아래
반짝이는 사금파리를
강 건너에서 팔매질에 몰두하는 아이를
불나비의 유연한 죽음,
무대에서 배우가 또 다른 무대로 탈바꿈하듯
아시나요 화가의 붓끝에 묻어나는 물감을
그대가 새벽마다 꺼내보는 거울을,
수많은 깃에 몸 팔고 말씀 대신
장신구를 걸친다
방마다에는 통풍구를,
머리에는 모자를,
아시나요 만방을 나는 새의 부리를,
병마개 소리 튀어남이 비범찮음을,
벌꿀 속에 하나의 침,
희열의 어려운 노동의 살 저며
아시나요 현자 주검 등골에 솟는 하얀 꽃을
육십갑자 헤아림이 선화를 그리게 함을,

담넝쿨의 넝쿨 속에 손을 넣으면
전신이 넝쿨이 되듯,
해 지는 산에 또 다른 해는 떠오르고
수정 속에 하나의 깃,
소슬바람 속엔 무슨 노래마저 호리는 것일까.

하늘에는

하늘에는 마을의 연기가
공교로운 나를 떠난 나의 음성이
저녁 부엌에서 불지피는
아내의 뒷모습에
침울한 나의 죽음이.
기다리고 있을 다리 저쪽의
초조한 운명이라든가
낡은 노래를 흐느끼던
극장이 파한 뒤 공허한
공허한 당신의 과거와
또는 쏠리는 듯한 나의 소문은.
하늘에는 단 하나의 운
마을에는 묻어나는 당신의 과거와 나의
가장 가까우나 헛된 새벽이
하늘에는 붐비는 마을의
금가고픈 낱낱의 동지들이
즐비한 새벽의 시체들이
마을의 연기가 자욱한
나의 매몰이.

아무도 모릅니다

당신이 이 하늘 아래 곧은 나무이고자
실개울 밑 운명이 흐르는 언저리에서
나를 주시하고 있을 때
나는 머리 푼 버드나무인 양 지평선에 서 있습니다.

서 있다는 것은 아름답지만
언젠가는 드러눕는다는 조건을 가지고
그러나 가장 좋은 별자리를 우러르며
살갗은 푸르른 잎새가 되고
보이는 것들은 너무 아름다워
뛰는 심장은 종달새가 되어 푸덕이고 ……

이때에만 나는 당신을 압니다
석가의 말씀으론 안다는 것은 모른다는 것이라 하지만
글쎄요 나에겐 안다는 것은 그저 열광입니다.

열광 없이 사랑할 수 없으며
사랑 없인 우주도 한낱 그늘 밑 우수에 불과하지요.

그렇습니다 무엇이 사랑인지

당신이 이 하늘 아래 곧은 나무이고자
실개울 밑 운명이 흐르는 언저리에서
나를 주시하고 있을 때
나는 한 개의 조약돌이 되어
하늘의 별을 세어봅니다
그러다간 마침내 내가 눈을 감을 때
길 지나가던 한 소년이 조약돌을 집어
저 하늘을 향해 던져줄지 누가 압니까
아무도 모릅니다.

가 을

살 속으로 낙엽이
살생하지 말지어다
마음을 가누어오는
맑은 소리.

열정의 잔해를 품고 가는 자
어스름 빛발에
내가 비쳐 섰는 꿈.

멀리 세상을 내다보아
처소에는 냉혹한 달빛이
말씀의 외마디는
도처에 항복하네.

그대 아기들의 영원을 아는가
살 속으로 별들이
별꼬리가 살 속으로 뼈를 새기며
낙인을 찍네 고뇌의 만월을.

어머니

일편단심으로
머나먼 어머니
낙엽이 살 속으로 낙엽이.

마음을 가누어오는
맑은 소리.

살생하지 말지어다
허파에서 가얏줄을
가슴속에 가린
절세의 미인을.

나의 집은 유리로

나의 집은 유리로

변함없는 일상의
면과 면이 투명한

나의 집은
고요한
새벽으로,

눈높이의 허공에선
고산 식물이 자라나고
나는 가난한 석공,
나의 아내는
아련한
장미화로,
자식들은 열대어처럼
동화 속을 헤엄치고,

나의 집은 유리로
알맞은 생명의

하모니를,

나의 집은
한적한 숲속에서
거대한 새벽으로.

갱에서 죽은 어떤 광부의

사랑과 인내를 캐기 위하여,
이 어리둥절하고 고단한 시절에도
들꽃이 말하는 빛의 골짜기를 믿으며, 그는
잠속에서도 조용한 노동의 틀에 놓여 있었다.

사나운 욕망의 올이 그에게 닿아 풀어질 때
그의 눈과 심장의 귀와
모든 그의 팔다리가 열광할 때
아내와 아이들의 기다림은
푸른 달빛을 받은 정물 같았고
그때마다 세계는 소리 없이
긴 다리를 건너고 있었다.

사랑과 인내를 캐기 위하여, 하나
불을 켠 탐색이 그를 밀어내기 시작하자
터널의 가련함은 더욱한 암흑을 발려내
그의 이마의 반사경이 광맥을 비쳐냈을 때
그는 무너지는 암반에 깔리고 말았다.

사라진 인내와 사랑의 껍질을 위하여,

그의 검정옷에 감치는
차가운 정적을 보고 있을 때
헤벌어진 그의 입으로부터
별안간 불개미떼가 토해내졌다
꿰져나온 창자는 암반 밑에서
꿈틀대더니 뱀이 되었다.

꺾어진 팔다리가 피에 흠씬 젖자
나무와 그것의 엉경퀴가 되었다
그리고는 그의 믿음이 실처럼 늘이어
벌레들의 숲에 내리고 있을 때,
아내와 어린것들이 슬픈 모닥불 곁에서
뜬눈으로 졸고 있을 때,
그때에도 세계는
너무나 길고 긴 다리를 건너고 있었다.

뇌수에선 풀벌레 울고

계절이 갈고 지나며
남는 자락은,

그 바람은
속절없는 그러나
참고 견디는 것이리.

계절에 보다 빠른 사람은
사람 위에 낙엽처럼
뒹굴기를 좋아해 구김살도 없이,

화가는 대위법에 살고
음악가는 가성의 침침한 숲속을 거닌다.

무엇이건 통틀어보면 꿈이 되고도 남는 법.

행복의 날개야
우리의 조준은 언제나 쌍꺼풀이란다.

이를테면 건방진 자는 늘 염려되고

겸손한 자는 늘 불안한 것처럼,

어찌하랴 속절없는 그 자락.

인생의 저 울 건너
별을 보고 점을 치는,

우리들은 시시한 가을나무 껍질처럼 깡말라
고답의 저 언저리를 갈고 지나며
뇌수에선 풀벌레 울고.

우린 서로의 애달픈 님이다

태양이 우리들을 꼿꼿이 서 있게 하는 동안
마음속에선 경험의 연필이 글을 쓰고
혹은 정처없는 애정의 기름을 묻혀
나를 춤추는 기계이게 주무른다
제가끔 맺혀서 명심의 바늘귀를 꿰는 까닭
얼굴에 앉는 딱정을 잊기 위함이려니
끊임없이 우리는 샘을 판다
때론 가련한 난간에 기대기도 하지만
새들이 지저귀는 공원을 거니는 것이다
이따금 불쌍한 노인을 만나
먼 해안으로 떠나는 수도 있지만
무엇보다 우리는 정교한 불의 혀와 키스한다
우린 내보이는 것도 감추는 것도 없이
순간의 줄기가 바다로 흐르고
펼쳐진 내력이 하늘로 동터오른다
동공에는 여성태가 있어 더욱
나에게 뿌리를 내리게 하고
서로 하는 말이 말 속으로 꼬리를 물어
우리는 다시 살아서 돋는 말을 엿듣는다
턱수염처럼 정채(精彩)를 기른 우린

늘 죄어놔야만 되는 나사다
별들이 우리들의 간격에서
어려운 구령을 건져올리는 동안
우린 서로의 애달픈 님이다.

손톱을 깎으며

손톱을 깎는다
왼손 엄지손에서부터 새끼손까지
세상일이 다 그렇긴 하지만
한두 번에 제대로 깎이는 적은 없다
칼날이 몇 번씩 물리고 다듬어져야
쪽 고르다
손톱을 자르는 동안 신경을 쓰게 되는 것은
손톱 귀퉁이 살 속에
까시럼이 묻지 않게 하는 일이다
까시럼이란
세상살이 도처에 숨어 있지만
사람으로서는 그저 정성을 다할 수밖에 없다
정성을 다하다 보면
손톱은 초생달이 되기도 하고
반달이 되기도 한다
손톱을 깎는다
세상살이의 하나에서 열까지가 그러하듯
늘 되풀이되는 일이건만
손톱을 깎는 버릇이나
깎인 손톱을 어떻게 할 것인가도

그때마다 다르다
어떤 때는
거꾸로 새끼손톱에서부터
엄지로 옮겨지기도 한다
그리고 열 손가락 끝에서 깎인 손톱들을
변기의 물 속에 떠나보내기도 하고
어떤 때는
쓰레기통 속에 버리기도 한다
자신의 육체에 서슴없이 칼을 대서
뼈를 깎는 행위
자학이라면 자학일 수도 있다
자신의 뼈가루가 쓰레기가 되건
저제상으로 사라져가건
손톱을 깎으며
여전히 조심스럽게 몰두하게 되는 것은
손톱 귀퉁이 살 속에
까시럼이 묻지 않게 하는 일이다
그저 정성을 다하여
하나에서 열까지
차근차근 깎아나가는 일만이
사람의 도리인 것 같다.

물

어머니가
나를 낳는 찰나에도
물은
정처 없이 흐르는
그 마음으로,

어머니가
이승을 떠나신 뒤에도
물은
그저 맑음의 소리를 내느니

물은
하늘에 비친
영원이어라.

봄
여름
가을
겨울
그저 한마음으로

물은
소리없는
맑음의 소리를 내느니

찔레꽃 사이에선
옹달샘이 되는 물
갈대밭에선
하늬바람이 되기도 하는 물.

물은
잡을래야
잡을 수 없는
이미 내 속에
들어와 있는,

물은
아직도
저승을 헤매시는
내 어머니 얼굴.
봄

여름
가을
겨울
그저 한마음으로
물은
어머니 목소리같이
끝도 없이

물은
하늘에 비친
영원이어라.

마돈나

나는 김란영을 좋아한다
아내와 먼 길을 떠날 때면
반드시 김란영을 데리고 간다
근사한 말로는 카페 가수요
나쁜 말로는 뽕짝 가수라지만
그 아무런 딱지도 타당치 않다
김란영으로 말하면
내 육신을 아무데서나 보기 좋게 퍼지게 하는
마녀일진데
그 여자에 대하여 이러고 저러고 한다는 건
어불성설
그 여자는 어리석은 척하면서
빨간 입술을 할 줄 알며
게다가 지칠 줄을 모르며
뭇 남자들을 달랠 줄 알며
그리고 그 여자는
나같이 재미없는 남자까지도
껴안아주는 마돈나
나의 아내도 먼 길을 위하여
남편이 좋아하는 빨간 입술의 마돈나
우리들의 김란영을 데리고 간다.

벤자민 프랭클린*

아하 이 양반
술이 취해도 단단히 취했구려
두 눈이 팽팽 돌아가는 걸 보니
위스키를 막걸리 마시듯 했구려
번쩍 든 두 팔은
허수아비 바로 그것이구려
미국 문명의 영웅
아니 세계 문명을
예까지 오게 한 당신이야말로
금세기의 대부 아니겠소
그런 당신 이 양반
어쩌자고 옷까지 홀랑 벗어던지고
술주정이오
당신의 몸에서 진저리쳐지는 전류는
그 뉘라도 손을 댈 수 없는데
어찌하면 당신의 벌거벗은 몸을
가려줄 수 있단 말이오
한데 이 양반
당신한테서
음악이 흘러나오는구려

베토벤의 운명
정경화의 바이올린
어떻게 들어보면
요요마의 첼로 소리 같기도 하고
아니 롤링 스톤이나 마이클 잭슨이
기를 쓰는 소리 같기도 하고
아하 이 양반
당신의 눈동자 속에선 눈깔사탕만한 원자 폭탄이
대굴대굴 구르는구려
아주 위험해요
정신 좀 차립시다
정신 좀 차립시다
미스터 프랭클린.

* 백남준의 작품 「벤자민 프랭클린」에 대한 해석.

제3부
영원으로 가는 길

가을 늪

하늘 구름이
산마루턱에 몸을 섞는
이른 아침.

가을 속으로
늪이 와서 머무른다.

늪은
황금빛 갈대밭을 거느리고
주먹만한 진주알이라도 감춘 듯
도도하다.

가을 대지는 엄숙하다.

늪 속으로
신의 옷자락 젖는 소리.

열 반

세상의 일체가 불 속으로 뛰어드는 순간,
하나의 곤충과 한 마리의 여우와 한 명의 사람과
그 밖의 무수한 생명들이 한 순간으로 녹아드는
이곳은 열반.

여기서는 우리가 그렇게도 받들던 신마저 부정할 수
있는
믿을 수 없는 힘이 솟구치는 곳
아니 신의 부정만이 아니라
죽일 수 없는 신을 갈가리 찢어버리기까지 할 수 있는
이곳은 열반.

너와 나의 뼈와 살이 한데 어우러
불꽃으로 피어나는 곳
세상의 일체가 열병일 수도 있고
일체의 세상이 속임수일 수도 있고
이제까지 존재해 온 것들이 존재치 않을 수도 있고
악이 선일 수도 있고
선이 악일 수도 있는
기막힌 곳
이곳은 열반.

영원으로 가는 길 1

신은 우리로 하여금
생각을 갖게 한다

나는 왜 무엇을 하고 있나

미래는 아득한 곳에 숨어 있다
과거는 발걸음을 재촉한다

나의 존재는 무엇인가

이 모든 것을 신은 알고 있지만
우리에게 말해주지는 않는다

신은 다만
영원으로 가는 길을 가르칠 뿐이다.

영원으로 가는 길 2

벌판을 잇는 소멸
골짜기를 잇는 생성
무한정의 주검을 우리는 보았지
주검은 놀랍게도
아름다움의 극치로 빛나고 있음을
당신과 나는 보았지
이 세상의 일체는 주검이면서
그 순간 또한 생성이어라
끝없는 주검의 모래
당신과 나는 산더미 같은 모래성을 보고
아름답다고 했지
그것들은 엄연한 주검
엄청난 시체 더미였으나
공포는 커녕
잡히지 않는 소멸의 신비
귀신 같은 바람과 모래
모래를 보면서
당신은 미친 듯이 머리를 흩날렸고
나는 살갗에서 피어나는
모래를 보면서 환호했지

그 주검 속에서 우리는 잠시 넋을 잃었지
나는 당신의 얼굴을
당신은 나의 얼굴을 찾아보려고
첩첩 모래의 성을 끌어안았어라
하나 캘리포니아 주의 소멸 속에서
우리는 결코 우리의 얼굴을 찾을 수는 없었어라.

미국 대륙을 잇는 소멸
미국 대륙을 잇는 생성
당신과 나는 이 세상에서
한 이십 년쯤 더 살다가
아차 하는 바람결에 똘똘 말려
대굴대굴 굴러가는 뼈만 남은 풀숲
그 따위 허깨비가 될 수는 없다고
우리는 잠시 말없는 말을 했지
신명난 모래와 바람과 그리고 또 모래 속에서
당신과 나는 어느 사이 벌거숭이가 되었지
우리는 이미 주검의 일부가 되어가고 있었지
공포는 커녕
우리는 우리 자신의 뼈

한줌도 안 되는 당신의 머리털
순식간에 모래알로 변하고 있는 나의 살갗
다시 모래와 바람과 모래 사이에서
이름 모를 미세한 풀, 꽃, 새들을 발견했지
여보 나는 당신을 불렀지
주검은 절대로 공포가 아니라고
당신을 다시 불러보았지
그러나 역시 우리 부부는
한 이십 년쯤 후엔
동해 바다 가까운 어느 골짜기쯤에서
나는 개울물이 되고
당신은 조약돌이 되어
끝없는 영원을 가자고
우리는 서로 말은 하지 않았지만
우리가 이 세상으로부터 소멸한 뒤
참으로 개울물이 될 수 있고
조약돌이 될 수 있을까
우리는 모래와 바람과 하늘 속에서
알몸이 된 채 입술을 깨물었어라.

사막의 꽃

나의 이름은 꽃이어요
아무도 찾아오지 않는 사막에서
노랗게 피어 살아 있어요.

살아 있다는 것은
죽음을 앞에 두고 말하는 것이겠지요
하지만 두려워 마세요
나에겐 인내와 사랑이 있답니다
세찬 바람 속에서도
나의 뿌리는 뽑히지 않았습니다
뜨거운 태양 아래에서도
나의 살갗은 불붙지 않았습니다.

내가 지닌 인내와 사랑은
그야말로 나 혼자만의 눈물이랍니다
보세요 나의 눈물을
눈물은 하얗고 보드라운 꿈을 달고
차마 내 곁을 떠나지 못합니다.

나의 이름은 꽃이에요

나의 삶은 절대로 외롭지 않아요
나에겐 두려움이 없어요
나는 오직 웃고 있을 뿐이어요.

과거사

슬픈 과거의 잔해
그러나 그 혼은
지금도 미래를 향하여 가고 있다.

화산초

그 어떤 생명도 존재할 수 없는
용암산 봉우리에
우뚝 솟은 생명
저 풀은 불귀신인가?

보 석

보아라 반짝이는 보석들을
저 미세한 빛
빛은
신이 막 떨어뜨린 보석
저 황홀은 내 가슴을 설레게 하지만
나는 그 빛을 주울 수는 없다
보아라 반짝이는 보석들을
신이 막 떨어뜨린
저 미세한 빛
빛은
오늘 밤 꿈속에서나 주워모을 수 있을까?

영광의 아침

해가 떴다
불모의 땅이 기지개를 켠다
신의 트럼펫 소리가 울려퍼진다
모든 것들이 귀중스럽다
먼지에 휩싸였던 풀잎들
녹슨 듯한 작은 돌멩이들
이 모든 것들이 보석처럼 빛나는
영광의 아침.

사막에 뜬 무지개

보고 싶은 것은 멀리서 보라
무지개다
열사병에 걸릴지도 모를
이 무더위 속
보라 무지개를.

보고 싶은 것
존재한다는 것
그것은 믿음일 뿐이다.

무지개다
아름다운 무지개.

있다는 것은 없다는 것
그러나 보고 또 보라
보고 싶은 것
아주 멀리서
없다는 것도 있다는 생각으로
보고 또 보라
존재한다는 것
그것은 오직 믿음일 뿐이다.

배 꼽

먼 산
그림자 속으로
누군가 벌떡 들어누운
누군가의 배
아하 배꼽이 보인다
저것이 석가의 배꼽인가?

묘 비

이것이야말로 석가의 빈손인가
인간의 고뇌가 이 속에 다 있구나
잘 들여다보라
인간의 웃음과 눈물과 애정과 욕망과
부끄러움과 후회와 희망과 결심과 허탈 등등
무수한 인간의 모습이
이 속에 모두 채색되어 있구나.

아담의 갈비뼈

하나의 주검을 본다
흙의 고통과 붉은 피가 엉겨붙은 갈비뼈
죽는다는 것은 죄로부터의 해방이다
그러니 죽음은 속죄다
속죄가 있는 죽음은
새로운 생명을 낳는다
하나의 주검
아담의 갈비뼈를 본다.

모래의 환상

나는 보았다 모래 속에서
벌거벗은 미녀를
성적 충동마저 일으키는 모래
모래를 통하여 나는 알았다
이 세상의 아름다운 모든 것들이란
알고 보면 어처구니없는 모래와도 같다는 사실을.

생 명

인간의 생애에서 발견되는 신비는
수많은 생명들이 지니는 그 모양이
비슷비슷하다는 사실이다
신은 특별히 인간에게 지혜를 주었지만
우리들의 지혜는
언제나 꼭 같은 모양에 불과할 뿐이며
한 생애가 끝날 때마다
부각되는 생명의 모양들은
다만 신의 신비라고만 말할 수 있을까.

화산 속의 풀포기들

깊은 주검으로부터 다시금 탄생하는
저 풀포기들을 보아라.

숯불 같은 애정을 지니고
주검 속에서도 생명을 펼치는
저 신기한 풀포기들을 보아라.

가지를 꺾어도 다시 살아나며
뿌리를 뽑아도 다시 살아나는
저 눈물나는 폴포기들을 보아라.

저 뜨겁게 눈물나는 풀포기들을 보면
주검이라는 게 아무리 깊고 어두운 것이라 할지라도
무서울 것이 없구나
무서울 것이 없구나.

성　전

이곳은 성전이다
이 세상 그 어떤 흔적도 성전이 될 수 있듯이,
그러나 분명한 자취가 있어야 한다
뜻이 모인 곳이 자취이며
그곳에 신의 가호가 내린다
이곳은 성전이다.

회오리 모래

이것은 대체 무엇일까?
개미굴?
아니면 신의 복통인가?
이것이 무엇인지를 알아내는 길은
참을성 있게 내일을 기다리는 것이다.

아기 천사들

바람이 수직으로 분다
검은 산 위를

하늘과 땅이 하나로 어우러진다
보아라 구름이 풀이 되고
풀이 구름이 되는 순간
이 땅의 생명들이 하얗게 빛을 낸다

바람이 수직으로 분다
작은 천사들이 춤을 춘다
검은 산 위를.

혼자 서 있는 나무

누가 나를 외롭다 하는가
신은 나에게 햇빛과 바람을 주고 있지 않는가
나의 땅은 한도 많지만
나는 나의 그림자를 고요히 드리운다
혼자 서 있는 나
나는 사막의 철학자다.

무 한

하늘과 땅이 만나는 곳
인간의 생각이 미치지 못하는 곳.

그곳에는 섭리가 있으며
죽음에 대한 공포가 없으며
생명과 죽음은 오직 같은 것.

이곳이야말로 하늘과 땅이
끝없는 사랑으로 얼싸안은 곳.

국외자

너 평범한 우리들보다 몇 배 이상 철이 나 있을
홀로 서 있는 국외자여
너는 나의 각별한 사촌 같구나
내 사촌들 중 하나는 친척들이 모일 때마다
늘 빠진단다
그는 항상 친척들 눈 밖에 있으므로
모든 이들의 관심거리란다
무엇 때문에 어째서 외톨박이로 멀리 있는 것일까?
그렇다면 너는 또 다른 나의 사촌이냐? 혹은 조카냐?
이 바보 같은 것아
도대체 너는 누구냐?

괴　물

무슨 저런 괴물이 있을까?
거꾸로 처박힌 물고기
어떻게 이 죽음의 땅에 저런 괴물이?
모세가 물 속 바위에 힘을 쏟아 던지는 찰나
하늘을 본 채 굳어버린 물고기
무슨 저런 괴물이 있을까?
아니 저것은 사람일지도 모른다
그렇다 사람이야말로 가장 괴물스러운 것
저것은 대체 무엇인가?
괴물
아니 어쩌면 불타인지도 모른다
명상에 명상을 거듭한 뒤 물고기가 되어버린
입이 벌려진 채 굳어버린 괴물.

두몬 듄

내가 마침내 진리를 터득하게 되고
만물이 향유하는 생명의 사랑이 무엇인가를 알게 될 때
그때 나는 이미 죽음에 가까운 늙은 몸이 되리라.

이렇게 나는 때때로 서글픔 속에 빠져
나 자신을 내려다본다
내려다보는 것들 중
우연히 발견되는 희한한 환상이 있으니
이 또한 신의 장난인가.

내가 보는 환상
아름다운 두몬 듄
차마 가까이 가볼 수 없는 그 자태
나는 그 아름다움을 결코 만질 수 없다.

혼자 짝사랑이나 할 수밖에 없는
나는 다만 미약한 인간
인간의 힘만으론 접근할 수 없는 두몬 듄.

나는 과연 어디서 너와 같이
아름다운 여인을 찾을 수 있단 말이냐.

번 개

무서운 힘의 빛이 모래 위에 누웠다
번개다
만약 그 어떤 생명이라도 그 속에 던져진다면
그것은 곧 녹아버릴 것이다
그러나 번개는 순간에 태어나
순간에 죽는다.

영 원

숨을 멈추고
두 눈을 조여
저 끝없는 세상을 보라.

끝이 없다는 것은
영원.

우리의 혼이
저 영원의 지평에서
다시 우리를 응시하고 있다.

동틀 무렵 켈소 듄에서

아직도 눈에 선한 기억

차가운 겨울 바람이 어두운 대지를 가로질러
나의 얼굴과 손을 때렸다
동틀 무렵 켈소 듄에서

시야는 천천히 걷히기 시작했고
나는 조심스럽게 뜨거운 커피를 마시고 있었다

드디어 새벽 노을이 물들 무렵
가느다란 초생달이 켈소 듄 위에 떠 있었다

그것은 아름다운 꿈이었다

그 꿈은 내가 이 세상에 태어났던 순간을 상기시켰다
나는 어머니의 기쁨에 가득 찬 눈물을 느낄 수 있었다
나는 커피잔을 든 채 꼿꼿하게 서서
벌써 오래 전에 돌아가신 어머니를 생각하고 있었다
어째서 이렇게 아름다운 순간이 슬프게 느껴지는 것일
까?

아직도 눈에 선한 기억

나의 두 다리는 대지에 박혀 있었고
나의 혼은 까마귀떼가 되어 어디론가 날아가고 있었다
동틀 무렵 켈소 듄에서.

삼위일체

눈부신 햇빛 아래 펼쳐지는 하늘과 산과 모래
장님의 눈마저 뜰 수 있게 할
신의 눈부신 진리
하늘과 땅이 어우러지는
삼위일체.

보랏빛 꿈

우리가 만약 쉴새없이 꿈을 꿀 수 있다면
그렇다면 보랏빛 꿈은 어떨까?

너와 나 서로 미끄러지고 또 미끄러져
끊임없는 욕망 다음에 오는
보랏빛 꿈은 어떨까?

보랏빛 꿈 깊숙한 곳에서는
너와 내가 물방울이 되어
비단결같이 미끄러지는
기막힌 보랏빛 꿈
그런 꿈은 어떨까?

단테의 시야

우주가 형성된다는 말은 맞는 소리다
이 뾰족한 꼭대기에 서면
누구나의 눈은 참으로 매의 눈이 된다.

바람이 세차다
산다는 것은 그야말로 하느님 앞에
보람 그것이다
저 아름다운 지구의 모습은
달나라에서
고향을 보는 그 모습이다.

단테는 지금도 중얼거릴 것이다
인류는 자연과 함께
고요히 흘러간다고.

모래산을 지나가는 비

오랫동안 갈고 닦은 영광 위에
기다리던 비.

지나가는 비라 할지라도
이는 참으로 신의 오묘함이 아닐 수 없다.

파나민트 산 그림자

우리의 가슴속에 남아야 할 것은
뼈만 남은 슬픔이 아니라
귀신도 놀랄 준엄한 은빛 산맥이다.

지형도

하나의 생명
백의 생명
이 모든 생명은
참으로 티끌이로라.

하나의 티끌
백의 티끌이
모이고 또 모여
아리따운 동산 이룩하였어라.

산, 산, 산,
우리들의 무덤
저승에서 내려다보이는 이승
너와 나의 찰나이어라.

대지를 덮는 먹구름

거대한 대지가
하늘 속으로 빨려든다
하늘이 베푸는 자비
대지는 포근한 이부자리에 덮였다.

이 벌판에 부는 바람은

이 벌판에 부는 바람은
예사롭지가 않다
바람에도 예사롭고 아닌 것 있겠느냐지만
이 벌판에 부는 바람은
그야말로 태초의 바람 그것이라 할 수 있다
이 바람에 귀를 기울이면
인류 과학 문명이
얼마나 자멸에 가깝게 접근해 있나 하는
섬뜩함을 깨닫게 된다.

이 벌판에 부는 바람은
모든 것을 벌거벗게 한다
인간적인 것일수록 싸그리 벌거벗게 한다
벌거벗는다는 것은 초월하는 것이다
그야말로 죽음마저 초월하여
훨훨 자유가 되는 것이다
영원한 자유에의 동경
이 벌판에 부는 바람은
그렇게 예사롭지가 않다.

제4부
솔가리를 밟으며

택 시

택시를 잡아탈 때마다 겪는 경험은
이 도시가 마치 홍수에라도 밀려 떠내려가는 느낌이다
서지 않으려는 택시 앞에 몸을 내던지듯
죽는 시늉을 해서야 잡아탄 택시는
결코 손님의 행선지를 향해 가는 것이 아니었다
택시는 그냥 그 자리에 가만히 서 있는 것이었고
다만 차창 밖으로 이 서울이라고 하는 도시가
사정없이 밀려 떠내려가는 모습이었다
신나는 운전 기사를 만나면 차창 밖으로 한꺼번에
무너져내리는 이 도시의 모습을
시네마스코프에 맞추기라도 하듯
국적도 없는 스테레오 뮤직을 귀청이 터지게 틀어댄다
실은 내가 만난 모든 운전 기사들은 하나같이 요술사
들이었다
내 비위를 어찌 알아차렸는지
이 나라의 썩어빠진 정치를 당장 도마 위에 올려놓고
한칼에 단숨에 미련 없이 후손을 위하여 아니 나
선생님을 위하여 내리치겠다는 거다
또 다른 운전 기사는 이 도시를 떠나지 않으면 안 되
며

이 택시에 불을 질러버려야 함에도
자기는 이제 구제 불능의 마약 중독자 같은
운전 기사라는 것이다
또 어떤 택시의 부엉이같이 우락부락한 아저씨는
마음 약한 나를 재빨리 알아차렸는지
9천 원이면 되는 구간을 2만 5천 원으로 바가지를 씌
웠다
이 운전 기사는 처음부터 미터를 작동하지 않은 채
손님에게 선전 포고를 했던 것이고
손님인 나는 이미 차창 밖으로 떠내려가는
서울을 초조하게 내다볼 뿐이었다
그렇게 되지 않을 수밖에 없는 이 도시의 택시들
그러니까 진짜 개혁의 함성을 몰아
모든 택시들이 청와대로 집결하지 않는다면
멀지 않아 택시에 탄 손님 하나하나는
모두 해골들로 변해버릴 것이다
내가 해골이 되고 당신이 해골이 되고
그 우락부락하던 기사마저 해골이 되어버린다면
어찌 우리가 벌어서 낸 돈이 피가 될 수 있단 말인가?

대관령을 넘으며*

대관령을 넘으며
마침내
그 계곡 그 하늘에서
나는 사람을 보았네
물론 겨울 신선은 아니었네
말쑥한 승려는 더구나 아니었네
별안간 차창 밖에
우뚝 솟아난
그 사람
그는 손에 비수를 들고 있었네
대관령
그 계곡 그 하늘을
마음대로 나는 사람
나는 보았네
그의 입은 굳게 닫혀 있으나
두 눈은 무서웠고
손에 든 비수는 번쩍이고 있었네
눈보라에 휘날리는
그의 조선옷
나는 사람을 보았네

대관령
그 계곡 그 하늘에서
사람을 보았네
눈보다 더욱더 눈부신
그 사람.

　＊ 단재 신채호 선생의 혼을 만남.

척산 온천에 가서

제법 우뚝 솟은 준엄한 마루턱을 빼고는
온 누리의
눈이라야
별볼 것 없는 척산
일본 병정들이 찾아냈다는 온천에
몸 담근 뒤
애꿎은 토종닭이나 통째로 삶아
소주하고 해서 셋이서 후닥닥 시치미를 떼니
이건 도무지 눈구경인지
예까지 먹으러 온 건지
또다시 온천에 몸들을 담그고
대관절 동해가 어디쯤인지 가늠도 없이
또 그놈의 무서운 경고판*을 수없이 보면서
마치 우리 셋이 간첩이라도 된 것처럼
대관절 어디가 동해야
우리나라 일출 한번 꼭 봐야 할 것인데……

    * 경고판은 간첩 색출 혹은 자수를 권하는 광고.

한 여인과 사내 셋

강릉에서 만난
관동대학의 황루시 교수는
그야말로 무당 연구가답게
상 앞에 사내 셋을 꿇어앉혀놓고
펄펄 뛰는 새우들을
두 손가락으로 까뒤집어
소주하고 함께 먹으라 한다.

그 여인의 목소리
복 터진 사발 소리로
앞에 앉혀놓은 사내 셋한테
까뒤집은 핏빛 새우 알몸을 내어미니
사내 셋 눈을 감고 깨물어본다.

소주가 약이라.

펄펄 뛰는 새우 잡아먹기도 그만하고
사내 셋은
여인의 손에 이끌려
점쟁이집엘 간다.

윤재철이 오천 원을 내니
점괘는 그럴듯하다
안종관이 만 원을 내니
점쟁이는 그의 얼굴을 힐끔 본다
점괘는 그에게 유리하게 나왔다
나도 만 원을 내니
나의 점괘 또한
과히 나쁘지 않더라.

사내 셋은 밤새도록
점괘를 가지고 실랑이를 치다가
이튿날 새벽
그 아리따운
동해의 일출을 그만 놓치고 말았네.

동 해

동해는
과연 살아 있더라
서슬이 시퍼렇게
살아 있더라
이 바다
모퉁이만 돌면
그리운 금강산이요
이 바다
잘못 헤매면
태평양이라.

이북 사투리와 경상도 사투리를
섞은 듯한
동해 바닷가 사람들의 말
참
어질고 질기게
열심히 살아가더라
초록색 나일론 그물로
한 다발 끌어올린
겨울 명태

이북 것 반
이남 것 반
골고루 걷어올린
물고기들
구릿빛 아낙네들의
손가락들
그 마디마디로
북으로 남으로 뒤얽힌
한의 그물들
미치게
미치게
풀어헤치더라.

똑딱선 만선의 깃발이
거두어지면
남편들은 또다시
동해로 사라지더라.

동해
동해는

과연 살아 있더라
서슬이 시퍼렇게
살아 있더라
그 참을 수 없는 서슬로
시퍼렇게 살아서
파도 치더라
파도 치더라.

다시 서울에 와서

돌아와 보고 싶어
이 도시에 서 있다
호젓한 나무가 되어 서 있다
분명히 나는 사람이지만
그 많은 다른 사람들은
하나같이 나를 비켜갈 뿐이어서
차라리 나는 하나의
나무가 되어 홀로 서곤 한다
어디라고 꼭 가야 할 곳은 없지만
그리움은 나를 그저 걷게 한다
길에서 나는 자주 걸음을 멈추어
호젓한 나무가 되곤 한다
나무가 되어 하늘도 보고
새들도 보려 하지만
하늘이나 새들은 보이지 않는다
언제나 서울 사람들은 어디론가
달려들 간다 큰 목소리와 흥분이
그들을 뛰게 하는 추진력이다
심할 때는 도망이라도 하듯 필사적이다
이럴 줄 알았는지 나야말로

서울을 도망쳐나오듯 하지 않았던가
어디라고 꼭 가야 할 곳은 없어도
누군가 보고 싶은 것이다
옛 친구를 만나는 일 또한 쉽지가 않다
어디서나 사람 사는 게 다 그렇긴 하지만
숨막히는 도시에서
사람이 사람을 한 번 만난다는 게
그리 쉬운 일이 아니다
숨막히는 도시에서
사람이 쉽게 만나게 되는 것은
네 바퀴가 달린 괴물이다
그 네 바퀴의 홍수와
그 괴물들의 이빨 가는 소리가
서울의 전부라고 해도
과언이 아닌
서울의 한복판에서
참으로 나는 하나의
나무가 될 수밖에 없는 것이다
요행히 보고 싶은 몇몇 얼굴들을
찻집에서나마 잠깐잠깐

스쳐지나가는 것만으로도
하느님에게 감사할 일이다
서울 사람들과의 대화도 빤하다
목이 멘 소리뿐이다
돈의 가치도
인간의 가치도
이렇다 할 척도가 없다는 얘기다
그런 사람들은 또 괴물들의 횡포에
머리 숙인 지 오래다
사람들은 서로가 서로를 부둥켜안기는커녕
서로가 서로를 비켜갈 뿐이다
사람들에겐 소중한 것이 없다
절실한 것이 없다
돌아와 보고 싶어
이 도시에 서 있다
그리움이 눈시울을 적시기 전에
나는 어디론가 자꾸 가야 하지만
나는 자주 발걸음을 멈추어
호젓한 나무가 되곤 한다
돌아와 보고 싶어

돌아와 보고 싶어
다시 서울에 와서.

땅에 엎드려 나아가는 인간

압구정동 지하철을 나서자
장님 할머니의 구걸이 나를 기다리고 있었다
허리를 굽혀 하찮은 동정을 건네고
또 어디로 갈 것인가 좌우를 살핀다.

무료한 시간을 이 거리 저 거리 둘러보는
내 심사는 무엇인가
변한 세상을 보자는 것인가
그 뉘라도 우연히 만나는 기적을 보려고?
비좁은 시가지의 먼지와
사람이 살아가는 소리를 듣고 싶어서?

먼발치에서 무엇인가 꾸물거리는 형상이 발견되었다
인간인지 동물인지 분간이 되지 않았다
인간이었다
상반신만 가진 인간이었다
하반부는 잘려서 고무옷을 입고 있었다
그는 굼벵이처럼 움직이고 있었으며
길바닥에 펼쳐놓은 신문을 읽고 있었으며
얼굴에는 경련이 일고 있었다

감히 그에게 접근할 수 없는 무서운 힘 때문에
나는 그의 주변을 서성거릴 수밖에 없었다.

두 발로 서서 나아가기보다
땅에 엎드려 나아가는 인간
때때로 몰아치는 바람은
시민들의 발길을 멈추게 하지만
그는 이미 세상을 포복할 줄 알고 있었다
그는 이따금 던져지는 동정에 대해서도
별반응을 보이지 않았다
나는 그와 대화를 갖고 싶었으나
그의 무서운 힘 때문에
주눅들린 채 그 자리를 떠났다.

땡칠이

삼천 원짜리 땡칠이 아동복이
지하도 입구 길거리에서 나부낀다
노점 주인도 추위를 피해 어디엔가 숨어 있다
땡칠이는 누구일까?
이 팽개쳐진 듯한 값싼 아동복을 사는
사람은 누구일까?
나의 어린 시절엔 꿀꿀이죽이 있었다
꿀꿀이죽은 미군 부대에서 흘러나오는 것이 좋았다
그 속에는 빠다가 둥둥 떠 있었고
건더기도 많았다
이 풍요로운 종로 복판에 땡칠이 아동복은
가난한 엄마 아빠들이
퇴근길에 사는 것일까?
요새 부잣집 애들이 입는
소위 브랜드 네임이 붙은 아동복은
십만 원대가 보통이라고 한다
그러면 땡칠이는 누구일까?
국숫집으로 들어가서 창가에 앉는다
장터국수라는 걸 먹는 동안
땡칠이 아동복을 누가 사는지 주의를 두었지만

값싼 땡칠이 아동복을 사는 사람은 없었다
땡칠이
땡칠이 너는 정말 서울에 사니?
아니면 서울과 저 시골 사이
고속도로에서 이따금 볼 수 있는
쓸쓸한 집에 살고 있니?

방패연

인사동 골목 화선방에서
얼래와 연을 샀다
얼래는 그냥 수수한 무색
연은 빨갛고 파란 태극 무늬의 방패연.

가지런한 도장집과
돌아가신 백부의 방을 연상케 하는
필방들을 보고 또 보며
동양화가 한국화로 변한 벽보라든지
수많은 서양식 화랑들을 기웃거리다
선뜻 손에 잡은 것이
그래도 방패연이다.

미국에 가지고 가서
막내 녀석 한석이와 함께 띄워볼 셈으로
방패연을 샀지만
미국에는 뒷동산이 없다.

앙상한 참나무나 밤나무숲을 빠져나가
동산에 오르면

겨울 바람이 마루턱에서 우리를 기다리곤 하던
어린 시절이 생각난다
솜 바지저고리를 입고도
두 뺨이 겨울 바람에 사정없이 터서
입도 제대로 움직이지 못하던 어린 시절
그래도 우리는 무색의 자작연을 하늘 높이 띄워
사금파리 가루와 풀을 섞어
칼날같이 만든 팽팽한 실로
연 베어먹기 놀이를 했다.

새파란 하늘은 어린이들의 꿈이었고
우리는 그 꿈을 향하여
영원히 연을 띄워보내곤 하였다.

하지만 한석이는
나의 어린 시절을 알지 못한 채
광대한 캘리포니아의 바닷가에서
미국 연과는 절대로 다른
방패연을 날려야 한다
태극 무늬.

나의 아들 녀석이
이 방패연을 하늘 높이 날렸을 때
태극 무늬는 새파란 하늘 속에서
가물가물 빛날 것이다.

특별히 나는 방패연의 태극 무늬가
남부 조국의 국기와는 약간 다르고
북부 조국의 국기와는 전혀 다르다는 데에
한 가닥 희망을 걸 것이다.

이 태극 무늬의 방패연
이 말할 수 없이 소중한 희망
우리 앞에 희망은 꼭 와야 한다.

파고다 공원

매연의 음산한 하늘 밑
파고다 공원을 들여다본다
노인들이 여기저기 모여 서서 웅성댄다
무엇을 이야기하고 있을까
70여 년 전 독립 만세를 불렀던
33인들이 되살아나 저렇게 웅성대고 있을까
그들 곁으로 천천히 발을 옮겨본다
웅성대는 소리들은
그러나
차기 대권의 관심사뿐이었다
그들은 앞으로 나라가 어떻게 될 것인가를 걱정하기
보다는
과연 누가 어떻게 아무도 모를 멋진 수를 써서
대통령의 자리에 오를 것이냐에만
이야기의 초점을 두고 있었다
그들 중 그 어느 누구
민족 통일을 이야기하는 사람은 없었다
그들은 마치 운동 경기 직전
그 어느 누가 승리할 것인가에만 관심이 있었다
노곤하고 흐리멍덩한 날씨

비애스럽기까지 한 파고다 공원은
누덕누덕 끌어올린 빌딩과 빌딩 사이에서
이러지도 저러지도 못하는 버려진 땅
땅에서는 오줌 지린내마저 풍기고
가난한 아낙네들의 좌판들이 담 밑에 진을 치고 있었
다
손병희 선생의 동상이 아무리 치솟으려 해봤자
헤어날 하늘 구멍은 보이지 않는다
헤어날 구멍은커녕
커다란 게시판은 나를 몸서리치게 했다
간첩 색출 현상금 게시판
팔각정 앞에 발길을 멈춘다
수많은 회색빛 비둘기들이
검은 기왓장에 다닥다닥 붙어 있다
병색의 비둘기들은
기와와 기와 사이를 뒤뚱뒤뚱 오르내리며
무어라 지껄인다
구구구, 구구구,
나를 반기는 소리일까
이것은 대체 무슨 소리일까

구구구, 구구구,
아, 이 소리는 나를 포함한
이 바닥의 모든 사람들을
가차없이 꾸짖는 소리가 아니고 무엇이겠는가.

낫 질

아버님 산소에 낫질을 한다
아, 스물 몇 해 만인가
"애 네가 왔느냐"
그 한 가닥 음성 가슴에 안아보려고
겨울 바람 속을 어지러이 돌이켜본다.

참으로 세상은 너무하구나
낫질에 넘어가는 질긴 잡초들
바람결에 여지없이 흐트러지니
이 세상 모두가 헛것이로구나
가시가 손에 박힌다
손이 풀에 벤다
낫질이 서툴러서가 아니다
억새풀에 가시에 내 손은 당연히
찢기고 찔려야 한다.

새삼스럽게 총총히 나타난 자식
자식의 도리가 요것밖엔 할 수 없단 말인가
아무리 이 세상이
마분지 종잇장 같은 것이 되고 말았다 해도

부모와 자식간엔 사이가 없는 법
"애 정말 네가 왔느냐"
참나뭇가지 사이를 맵게 빠져나온
바람 한 점이
귓전을 때린다.

아무리 사람 사는 일이 헛것이라 하여도
곰곰이 생각해보면 헛것은 따로 있는 법
아버님 산소에 낫질을 한다
아버님의 혼
혼 없이 어찌 이 낫질이 말이 되겠는가
아버님은 이미 오래오래 전에
이 땅의 흙이 되시었다
아버님 산소에 낫질을 한다
이 세상 이 땅에 낫질을 한다.

솔가리를 밟으며

이른 새벽
솔가리를 밟는다
땅 밑 지신마저
발가락에 묻어오듯
소나무 사이사이
솔가리를 밟는다
아직 한라산 능선은
저 멀리에서
아른거릴 뿐
자태는 보이지 않는다.

소나무 사이사이로
솔가리를 밟는다
하지만 아직은
이른 새벽
기다림은
보은의 시작이니
그저 솔가리를 밟는다.

희뿌연 한라의 능선

보이는가 싶더니
문득 발부리에 떨어지는
볼그스름한
미소 하나
동백꽃 봉오리 하나
하늘이 떨군
동백을 주위본다
하나를 알면
둘을 알 듯
한라산의 차분한 자태는
찰나를 통해
동백꽃이 되었구나.

두 손에 동백꽃
받쳐들고 있자니
바다 소리 들려오네
그 바다 소리
어찌 파도 소리뿐이랴
그 속엔 해녀의 숨결이 가쁘다
싯푸른 바다 위에

뒈웅박 띄워놓고
족쇠눈 똑바로 떠
세상 끝간데 없이
두루두루 헤집으니
그이들 참으로 동백꽃이어라.

둘을 알면
그 다음 셋도 알게 되듯
한라가 동백이요
동백이 곧 해녀라
땅 밑 지신 무릎 치는 소리
발가락에 울리네
이른 새벽
소나무 사이사이로
솔가리를 밟는다.

원홍리 회상

1983년 나는 북부 조국 땅을 밟았다
평양 근교의 원홍리라는 데에 여정을 풀었다
그때는 평양에 호텔도 없었던 것 같다
원홍리는 초대소라고도 불렀다
새벽이면 산비둘기들의
기분 나쁜 신음 소리가
아기 우는 소리처럼 섬뜩섬뜩 들렸다
인민들의 접근을 막는 원홍리 입구에는
외로운 인민군 보초가 서 있었고
외출을 하지 않을 때에는
「꽃 파는 처녀」
「안중근 이등박문을 쏘다」 등등
민족의 비애와 분노를 주제로 한
영화들을 보면서
눈물을 짜내는 곳이 원홍리이기도 하였다
집들도 몇 채뿐이었고
사람이라곤 최 아무개 동무와
부엌 아줌마뿐이었으며
가끔 높은 직위에 있다는 사람들이 오갔으며
누렁개 한 마리가

마당에서 오락가락했다
6·25 동란 직후 월북한
세 분의 육촌형님들을 찾아보려고
일주일간 머무르는 동안
최 아무개 동무는 수령님께 드릴
방명록에 재미 동포 시인의 글귀를
몇 번이고 부탁했지만
좋은 글귀가 떠오르지 않는다고
차일피일 미루었다
그래 그와 나는 좀 불편한 나날을 보내었으나
방명록에 서명하는 일은
더 이상 요구받지 않았다
그는 열렬한 민족주의 사상을 말했으나
나는 인본주의의 중요함을 말했으며
자연 보호에 관심을 높였다
나중에 안 일이지만
그로부터 나는 소위 자연주의 시인으로
그쪽 상부에 보고된 모양이었다
초조한 일주일이 다 가버리고
육촌형님들의 행방은 알 길이 없었다

정해진 관광 코스를 끝내고
나는 북부 조국을 떠났다
그 후 최 아무개 동무는
남북 회담의 실무 요원으로
일한다는 소리도 있었으나
그의 이름이 적어도
몇 가지는 될 것으로 추측되니
그가 지금 어디서 무슨 일을 하고 있는지는
알 길이 없다.

돌멩이

싸그리 말라버린 실개울 바닥
뒹구는 돌멩이들의 몸가짐을 들여다본다
어미 바위가 복통 끝에 산산조각난
새끼 돌멩이들의 몸가짐은
하나같이 주어진 운명으로
바닥살이를 감수하고자 하는 듯하다

어떤 놈은 깐깐한 성질로 뾰족하고
어떤 놈은 모가 나서 남의 모에 쉽게 몸을 의지하고
어떤 놈은 이래도 저래도 좋다는 듯 둥글스럽다

그들이 살고 있는 색깔도 형형색색이거니와
그들끼리 놓여 있는 위치의 타당성 또한 놀랍다

수없이 밟고 건너던 발길을 멈추어
허리 숙여 돌멩이들의 삶을 본다.

청천강

바짝 마른 청천강 바닥을 내려다보며
몇 번이고 눈을 감았다
우리가 가는 곳은 묘향산이었다
물이 없는 강바닥은 이미 죽음이었다
희뿌연 돌멩이며 부서진 바위들은
이미 슬픔을 초월한 몰골이었다
우리 일행 중 입을 여는 사람은 아무도 없었다
곧 어둠이 산하에 내려오자
처절한 청천강은 보이지 않았다
한데 어둠 속 강변에
왠 벚꽃이 만발하다니?
아무리 꽃샘추위가 꽃봉오리를 간질인다 해도
벌써 벚꽃이 만발하다니?
인민들의 정성 어린 손으로
삭정이 끝간데 없이
수많은 조화를 접목시켜
위대하신 수령님의 탄생일에 바친다니?
어둠 속 청천강은 보이지 않았으나
몇 번이고 눈을 감으며
차라리 온 길을 되돌아가고 싶었다

우리는 청천강의 돌멩이들처럼
슬픔을 초월하지 않으면 안 되었다
우리 일행 중 입을 여는 사람은 아무도 없었다.

제5부
걸리버 여행기

걸리버 여행기 1

당신은 이 세상을 저세상이라고 부르고 싶을 때가 있
습니까
나는 현실이 꿈이 되거나 꿈이 현실로 나타나고 있는
것을
경험합니다
그렇습니다 어떻게 해서 내가 걸리버가 되어 하늘을
둥둥
떠다니는지
왜 고향을 떠나고 조국을 떠나게 되었는지
그러니까 인간도 새처럼 그렇게 둥둥 떠다닐 수 있는
괴물이
될 수 있는 것입니다
그렇습니다 괴물은 괴물이되 분명 올바른 심장을 가지
고
죽는 날까지 이 세상에서 가장 정직한 언어인 시를 씁
니다.

걸리버 여행기 2

하루는 이 아저씨가
네 방에서 잠을 잤지
나는 네 방에서 참 희한한 밤을 보냈지
그날 밤 나는 바우*가 되는 꿈을 꾸었지
오페라 가수인 엄마
연출가인 아빠
그리고 이 나라의 슬픔을 한 몸에 짊어지신 할아버지
꿈은 아주 짧았어
원래 꿈은 그런가 봐
내가 소년 바우가 되고 싶었던 건
너의 엄마가
너의 아빠가
너의 할아버지가
얼마나 이 나라를 빛낼 수 있는 사람들인가
부러워했기 때문일 거야
너는 지금은 잘 모를 테지
그러나 나는 너에게 말해줄 수 있지
이 아저씨가 네 방에서
너의 책들을 들추어보았을 때
소년 바우가 얼마나 착하고 정의에 넘쳐 있나를 알았지

나는 소년 시절에 그 무서운 민족 전쟁을 겪었단다
우리들의 소년 시절이란 희망이 없었지
그러나 앞으로의 시절엔 커다란 희망이 있지
적어도 너처럼 착하고 정의에 넘친
수많은 소년소녀들에겐 희망이 있지
아무리 말해도 너는 지금은 잘 모를 테지
왜 할아버지께서 감옥 생활을 하셔야 하는지
너는 이해가 안 될 거야
그러나 바우 같은 수많은 소년소녀들이
미래의 조국을
그야말로 평화스럽게 정의에 넘쳐서
아름답고 보람 있게 살게 해주기 위하여
할아버지 같은 분이 고생을 하시는 거란다
바우야 고맙다
그 어느 날 이 아저씨가
너의 집
너의 방에서 꿈을 꾸었지.

* '바우'는 문익환 목사님의 손자이다.

걸리버 여행기 3

나는 꿈을 꾸고 있었습니다
아침인지 저녁인지 분간하기 어려웠지만
나의 두 다리가 둥둥 떠다니고 있었습니다
내가 어디에 있었는지
내가 어디에 가고 있었는지 알 수가 없었습니다
벌판은 화씨 115도를 오르내리는
무서운 더위였습니다
그러나 습기가 없는 더위는 나를
고통스럽게 하지는 않았습니다
나는 그렇게 벌판에 혼자 있었습니다
그런데 눈 깜짝할 사이에
벌판은 눈에 덮였습니다
그것은 요술이었습니다
뜨거운 더위 속에 눈이 오다니?
석가의 말씀처럼 말이 안 되는 것이
말이 될 수가 있는 것입니다
마치 침울한 겨울 같았습니다
지금도 기억하지만 나는 눈 위를
조심스럽게 걷고 있었습니다
나 혼자만 눈의 벌판에 있었습니다

나는 완전히 자유를 누리고 있었습니다
나는 나의 몸을 느낄 수가 없었으며
나의 마음까지도 느낄 수가 없었습니다.

걸리버 여행기 4

어젯밤 이름 모를 별나라 사람이
비행선을 타고 이곳에 내려왔습니다
외계인이 내려올 때
이곳에는 별똥이 소나기 오듯 떨어졌습니다
그는 갈릴레오의 모습을 하고 있었습니다
그의 얼굴에는 후광이 드리워 있었으며
손에는 망원경이 들려져 있었습니다
그는 지구에도 종말이 있었다고 했습니다
다른 별나라에서도 종말이 올 것이라고 했습니다
그러나 지구의 생명이 다하자면
빛으로 따져도 억 광년은 될 것이라고 했습니다
외계인은 특히 이곳이야말로
지구에서 가장 좋은 곳이라고 했습니다
갈릴레오를 닮은 그는
대지의 늠름한 모습에 감탄하였습니다
대지는 인간을 가르칠 줄 안다고 했습니다
외계인은 망원경을 통해 그가 돌아갈 별을 보았습니다
곧 비행선이 하늘로 올라갔습니다
다시 대지에는 별똥이 소나기 오듯 떨어졌습니다.

걸리버 여행기 5

꿈은 온통 흙이었습니다
그것도 황토벌이었습니다
원한이 맺히고 찌들어서
만물이 온통 흙으로 뒤범벅이 되는
그런 희한한 꿈을 보았습니다
누군가 손에 흙을 쥐었습니다
그러자 땅 위로 소나무가 솟아났습니다
또 누군가가 손에 흙을 쥐자
기러기떼가 하늘을 날았습니다
기러기들은 곧 달무리 속으로 사라져갔습니다
이번엔 여럿이 흙에 입을 맞추었습니다
그러자 황토는 불쑥
불쑥 일만이천 봉이 되었습니다
아아, 그리운 금강산이 되었습니다
눈물이 뺨을 적시었습니다
이번엔 나이아가라가 아닌
구룡폭포가 보였습니다
서양것들은 잘 모르는 구룡폭포
용이 솟아오르는 물줄기는
맺힌 원한을 풀 듯 쏟아져내리는 것이었습니다

황토에 우리는 다 함께
무릎을 꿇었습니다
그랬더니 저 아득한 곳으로부터
동학군이 말굽 소리를 내며 달려왔습니다
그들은 무명적삼을 입고
이마엔 두건을 질끈 동였습니다
그들은 삼천리 방방곡곡에 소리쳤습니다
아아, 그리운 조국 강산에
통일이 온다고 소리쳤습니다
아아, 우리에게
통일이 온다고 소리쳤습니다
원한에 맺히고 찌들린 황토벌
흙은 온통 꿈이었습니다
아아, 우리가 가는 곳은 어디입니까
살아생전 황토의 꿈을 볼 수 없다면
우리는 어디로 갈 수 있단 말입니까.

걸리버 여행기 6

간밤에 꿈을 꾸었습니다
내 고향 서울
충신동 골목을 헤매고 또 헤매었지만
내가 살던 하숙집은 보이지 않았습니다
보고 싶은 것은 모두 사라지고 없었습니다
종로 5가에서 동대문에 이르기까지
즐비한 것은 장터뿐이었습니다
순대집 앞에 내놓은 삶은 돼지머리들이
나를 빈정대듯 감은 눈에 미소까지 보였습니다.

옛날에 나는 작은 혁명가였습니다
4·19의 함성 속에 함께 피어났던
작은 혁명가였습니다
그 작은 목소리도 수많은 학우들도
보고 싶은 것은 아무것도 존재하지 않았습니다
서울을 고향이라 부르는 사람이 이상할 정도로
서울은 이미 타향이었습니다
사람들은 그야말로 난쟁이들이었습니다
그들의 마음씨는 착했지만
새총으로 하늘의 별을 따내려는 사람들이었습니다.

지상에는 잿빛 그림자가 드리워 있었으나
지하에는 안도의 숨소리가 있었습니다
두 갈래의 지하철은 사람들에게
선택할 수 있는 자유를 주는 듯했습니다
어두운 터널 속에서 사람들은 목적지를 기다리고 있었
습니다
이러한 모습은 평양에서도 마찬가지였습니다
대부분의 사람들은 머리를 떨구고 눈을 감은 채
목적지를 향하고 있었습니다.

꿈속에서의 내 고향 서울
나는 허공을 둥둥 떠다니고 있었습니다
서울에서도 평양에서도
사람들은 나를 둥둥 떠다니게 했습니다
사람들이 손가락질을 하며 아우성이었습니다
나는 사람들로부터 결박을 당했습니다
그들은 나를 놓고 토론을 했습니다
사람들은 나를 끌어다가
통일로라고 하는 큰길에 뉘었습니다

그곳은 옛날의 광화문 네거리였는데
거기서 사람들은 나를 풀어주었습니다
통일로 복판에는 위대한 김일성 수령이 물구나무서 있
었고
전두환, 노태우 대통령들이 발가벗겨진 채 서 있었습
니다
커다란 유리관 속에는 최규하 대통령이
영구 보존 되어 있는가 하면
초췌한 김영삼 대통령도 풀숲 사이로 보였습니다
그 사이사이로 난쟁이들이 춤을 추며
돌고 돌았습니다.

내가 헤매고 또 헤맨 충신동 골목
내 고향 서울
시작이 곧바로 끝으로 변하고 마는 서울
허무하지만 신기하기도 한 꿈
간밤에 꿈을 꾸었습니다.

걸리버 여행기 7

꿈은 온통 눈물이었습니다
사람들은 너나 할 것 없이
서로가 서로를 껴안았습니다
강산에는 때 아닌 꽃들이 만발하였고
하늘과 땅이 하나로 어우러지고 있었습니다
남과 북이 하나로 어우러지고 있었습니다
꿈은 온통 눈물이었습니다
서울에서 데모하던 대학생들과
평양에서 김일성을 믿던 대학생들이
하나가 되었으며
인민군과 한국군이 무기를 던지고
하나가 되는 것이었습니다
간혹 서울의 정치 사기꾼들이
평양에서 붙잡혔으며
평양의 정치 게릴라들이
서울에서 붙잡혔습니다
아이들이나 어른들 할 것 없이
사람들은 거리로 쏟아져나와
거리를 청소하였으며
음식을 나누어 먹었습니다

감히 그 누구도 도둑질을 하려 하질 않았습니다
낮과 밤도 없었습니다
사람들은 오직 기쁨 속에서
내 것 네 것이 따로 없었습니다
사람들은 그저 눈물을 흘리며
서로가 서로를 껴안았습니다
세상이 그렇게 되니까
부처님도 예수님도 서로가 서로를 껴안데요
희한한 꿈이었습니다
꿈은 온통 눈물이었습니다
그것은 참으로 희열의 극치였습니다
그러나 그 꿈에서 깬 나는 혼자 울었습니다.

작가 연보

1941년

서울 출생.

1961년

『자유문학』 신인상 수상. 서라벌예술대학 문예창작과에서
수학.

1965년

한국 육군에서 제대.『사상계』 신인문학상 수상.

1966년

첫 시집『갱에서 죽은 어떤 광부의』 출판.

1967년

미국 이민.

1972년

미국 시민권 취득.

1974년

미국 프로 사진 작가 서부 지역 사진경연대회에서 2위 입
상. 산업자연박물관에서 전시.

1979년

『뿌리』지의 편집장 역임.

1980년

이세방 사진 갤러리 시작.

1983년

광주 의거를 내용으로 한 합동 시집 『빛의 바다』 출판.

1987년

두번째 시집 『조국의 달』 출판.

1987년~1990년

4년 연속 '가장 뛰어난 사진 작가상'을 캘리포니아 주 오렌
지카운티 사진작가회로부터 수상.

1989년

캘리포니아 프로사진작가회로부터 '펠로우십 디그리' 받
음.

1991년

캘리포니아 주 오렌지카운티에서 조지 부시 미국 대통령과
부인 바바라 부시의 사진을 45분 간 단독 촬영.

1992년

세번째 시집 『서울 1992년 겨울』 출판. 사진 작품 한 점이
세계적으로 유명한 엡코트 Epcot 갤러리에서 3개월 간 전시.
흑인 시인들과 함께 로스앤젤레스 철학자들의 모임방에서 첫
번째 자작 영시 낭독. 데스밸리 사진 작품들이 패새디나 컨벤
션 센터에서 캘리포니아 프로사진작가회의 연차대회에 특별
전시. '가장 뛰어난 사진 작가상'을 캘리포니아 주 오렌지카
운티 프로사진작가회로부터 받음.

미국의 여러 주를 돌며 다른 미국 프로 사진 작가들에게 세
미나 및 워크숍을 주재하기 시작.

1992년~1993년

캘리포니아 주 오렌지카운티 프로사진작가회의 사진 심사
위원장을 지냄.

1993년

캘리포니아 프로사진작가회의 심사위원장에 뽑힘. 테네시 주 내슈빌에서 벌어진 세계인물사진경연대회에서 1등 수상. 첫번째 『세계 공동 사진 작가 연감』에 다수의 사진 작품이 수록. 첫번째 '후지 마스터피스 상'을 받음. 캘리포니아 대학교 (로스앤젤레스)에서 두번째 자작 영시 낭독.

1994년

프로 사진 작가의 최고 명예인 '마스터' 칭호를 전미국프로 사진작가회의로부터 받음. 캘리포니아 주 애나하임에서 벌어 진 세계인물사진경연대회에서 '대상' 수상.

1995년

대상을 수상한 사진들을 모은 사진집이 캐나다에서 출판. 일리노이 주 로스몽에서 벌어진 미국 프로 사진 작가 연차대 회에서 강사로 세미나 주재.

1996년

네바다 주 라스베가스에서 있었던 세계인물사진경연대회 에서 1등 수상. 두번째 '후지 마스터피스 상'을 받음. 세계적 갤러리로 꼽히는 엡코트 갤러리에 작품 한 점이 특별 전시. 미국프로사진작가회로부터 '크래프츠맨십'의 칭호를 받음.

미국프로사진작가회 국제분과위원에 선출. 3년 간의 이사직 임기를 맞음.

1997년

미국 사우스다코타 프로사진작가협회 초청으로 강연. 한국 직업사진가협회 초청으로 한국 6개 도시 순회 강연. 라스베가스에서 미국 전국 및 국제 사진 작가 컨벤션에서 강사로 세미나 주재. 캘리포니아 사진작가협회 주최 사진경연대회 심사위원.

1998년

세계적으로 유명한 '코닥 갤러리 상'을 수상. 하와이 사진작가협회 주최 사진경연대회 심사위원. 애리조나 사진작가협회 주최 사진경연대회 심사위원.

1999년

평화통일자문위원회의 미주 자문위원.

사진 작품 한 점이 '뉴욕 타임스 매거진'에 수록. 오리건 프로사진작가회의 연차대회의 사진 심사위원. 캐나다 온타리오 프로사진작가회의 연차대회의 세미나 주재. 조지아 주 애틀랜타 미국 전국 및 국제사진작가회의 강사 중 한 사람.

현재

로스앤젤레스에서 이세방 사진 갤러리를 운영하고 있음.

Sae Lee Portrait Gallery

422N. La Cienega Blvd.

Los Angeles, California 90048

현재

로스앤젤레스에서 이세방 사진 갤러리를 운영하고 있음.